JN134824

異世界居酒屋さわこさん細腕繁盛記

Kinojyo Miya
鬼ノ城ミヤ

Illustration
DeeCHA

お品書き

登場人物
CHARACTER
リンシン
鬼人族。温厚で心優しい性格。お酒の呑み方が異常に可愛い。
陸《む》奥《つ》さわこ
3*歳、独身。『居酒屋さわこさん』店主。お人好しのおっとりさん。酔うとすぐ脱ぐ。
花見鳥
バテア
魔法雑貨店を営む魔法使いエルフ。酒豪。さわこの日本酒にドハマりする。

エミリア
アミリアの妹。お米を研究する姉を支える。どういうわけか口調に英語が混じる。
アミリア
エミリアの姉。異世界で「家畜の餌」であるお米の研究に余念がない。
ドルー
ドワーフ族の大工。さわこの握り飯にドハマりする。
クニャス
豹人族の冒険者。さわこの握り飯にドハマりする。

お通し　本日、お店を畳むことになりました

「ふうっ……。今日でこのお店も、お仕舞いですね……」

父との思い出、そして足を運んでくださったお客様との思い出がたくさん詰まった『居酒屋酒話《さけばなし》』――その看板を見上げて、私は一つ、大きな溜め息をつきました。

……突然、失礼いたします。初めまして、私、陸奥《むつ》さわこと申します。

いきなり大きな溜め息などついて、申し訳ありません……

実は本日の営業終了をもって、父の代から四十年以上切り盛りしてきた大切なお店『居酒屋酒話』を、ついに畳《たた》むことになったのです。

こうして看板を見ていると、さまざまな思いが胸に去来しますね……

私が生まれてすぐに母と離婚した父は、幼い私の面倒を見ながら一所懸命にお店を守ってきてくれました。そんな父の背中を見て育った私も、気づいた頃には仕込みの手伝いを始め、見よう見まねで包丁を握り、料理を覚え、接客を覚えてまいりました。

幼い時分こそ、母がいない寂しさを感じていましたが、不器用ながら心優しい父に支えられ、温かなお客様方に囲まれながら、何不自由なく生活してきました。

ところが五年前、父が病気で他界してしまったのです。亡くなった父の意志を胸に、私が女将としてお店を引き継いだのですが……

——力及ばず、と申しますか……

とうとう経営に行き詰まり、お店を閉じることになってしまったのです。

——借金してまで店は続けるな。

そんな父の遺言に従い、貯金が底をつく前に、私はやむなく決断いたしました。

この不甲斐ない私を、父は許してくれるでしょうか。

大好きだった、父の優しい笑顔が瞼《まぶた》の裏に浮かびます……

駅の裏口とはいえ、お店の立地はそんなに悪くはありませんでした。

ですが、近所にはチェーンの安い居酒屋が乱立し、更に最近流行りの『がぁるずばぁ』（？）というのでしょうか、女性が大変濃厚なサービスをなさるお店なども相次いで進出してきました。私のような三十路を少々超えた、特に美人でもない女しかいない上、濃厚なサービスなどないごくごく普通の居酒屋は、どんどん廃《すた》れていくしかありませんでした。

父が店主だった頃、『居酒屋酒話』の周囲には大衆酒場が軒を連ねておりまして、昔ながらの呑《の》み屋《や》街といった風情で、仕事帰りの方々がハシゴをしながら毎晩遅くまで呑み歩いている界隈《かいわい》でした。けれど、若い方々のお酒離れや折からの不況の煽《あお》りを受けて、とうとう立ち行かなくなってしまった次第でございます。

幸い、お店を手放したことでそれなりのお金を工面《くめん》することができました。

このお金で、どこか別の場所で居酒屋を――

そう考えもしたのですが、いまだ決断することができずにいます。

何しろ、私の代になってからの『居酒屋酒話』の経営の傾き具合は、なんというか、半端《はんぱ》ではありませんでした……

ですから、私にはお店を経営する才能がないのだと、完全に自信を失ってしまったのです……もう、一人では立ち直れないのではないかというほどに……

元々料理が大好きで、専門学校にも通って調理師免許も取得しました。父の教えもあってそれなりに自信を持っていたのですが……なかなかうまくいかないものですね。

とりあえず、今住んでいる街の中心部近くのアパートは少々家賃が高いので、どこか別の場所へ転居して、一度気持ちを整理したいと思っている次第です。

◇◇◇

先行きも定まらぬまま、『居酒屋酒話』を畳んだ翌日。

私は不動産屋を回り始めました。

やはりというか、今暮らしているアパートの近隣に安い賃貸物件はありません。

この界隈で安さを優先して探しますと、築年数二十年以上の古い物件しか出てこないのです。

ただ、郊外の物件であれば、それなりに新しくて手頃な物件があるようでした。

「……そうですね、田舎でのんびりするのもいいかもしれませんね」

そう思い立った私は、今住んでいる場所から電車で二時間ほどかかる場所にある、田舎の物件に引っ越すことを決めました。

近所にはコンビニやスーパー、病院もあるようで、街まで二時間という距離を除けば、そこまで不便なところはなさそうでした。

「では、よろしくお願いいたします」

「はい、承りました」

私は不動産屋の少々年配の女性と契約を交わしました。

こうして次の週末、新天地へ引っ越すことになったのです。

◇◇◇

その週末がやってきました。

新天地で気持ちも新たに……のはずが、今、私は大量の荷物とともに森の脇にある昔ながらのバス停で途方に暮れております。

一体全体、どうしてこんなことに……


その日の朝、引っ越し業者にお願いして荷物を積みこみました。

トラックを見送った私は、三十年と少々お世話になったアパートに向き直りました。

「長い間、お世話になりました」

深々とお辞儀をしてお別れを済ませてから、最後にランチをいただいて、私は電車で引っ越し先へと向かったのです。

……そこで、私を待っていたのは、とんでもない事態でした。

どういうわけか、私が契約したはずの部屋に、すでにどなたかが入居なさっていたのです。

慌てて不動産屋へ電話してみたところ……どうもこのアパートの家主さんが、不動産屋を通すことなく空き部屋を勝手にお貸ししてしまったようでした。

契約上は、この部屋は私に所有権がございます。

ですが、一度住み始められた方には居住権が認められております。

そのため、いますぐ出て行ってくださいということはできないようなのです。

それに、もう住み始めている方にそのようなことを申し出る勇気も、私にはございません……

オロオロしている私に追い打ちをかけるように、現場に到着した引っ越し業者の方が尋ねます。

「で、この荷物はどこに降ろしたらいいんですか?」

その言葉を前にして、私はパニックに陥ってしまいました。

何しろ、この田舎町に来たのは今日が初めてです。

他に行く当てなどありません。

不動産屋に連絡してみたのですが、すぐに対応するのは難しいというお返事でした。

私がオロオロしておりますと、引っ越し業者の皆さんは大きな溜め息をつかれました。

「……悪いけど、そこら辺に置かせてもらいますね」

そう言うや否や、荷物を近くにあったバス停の中へ次々と積み上げていかれます。

「あ、あの、困ります……そんな……」

必死に止めようとしたのですが、引っ越し業者の皆さんは事務的に作業を終えられると、私に向かって書類を提示なさいました。

「はい、ここに判子《はんこ》」

「え？」

「『え？』じゃなくて判子！　こっちも仕事がつっかえてんだからさ、早く」

「は、はい……」

元々押しに弱い私は、言われるがまま書類に判子を押してしまいました。

結局、大量の荷物に囲まれた中、私は過ぎ去っていくトラックを呆然と眺めることしかできませんでした。


そして……


呆けたままバス停の中でぽつねんと立ち尽くす、私。

幸い、このバス停はすでに廃線になっているらしく、バスは来ないようです。

壁も天井もボロボロです。

そんな建物の中で、私はしばらく立ったまま動けませんでした。

「……これから、どうしたらいいのでしょう……」

前のアパートはすでに引き払っています。

この町には土地勘もありません。

何より、この大量の荷物をどうしたものか……

私の頭の中を、様々な思いがかけ巡りますが、一向に考えがまとまりません。

「本当に……これからどうしたらいいのでしょう……」


「と＊＊えず、そ＊荷＊、邪魔なn＊＊＊?」


……はい？

私は目を丸くしました。

今、人の声がしたような……

慌てて周囲を見回しました。

すると……私のすぐ右隣に見知らぬ女性の姿があったのです。

その女性は、濃い紫色のローブのような珍しい衣装を身にまとっておられます。

そして頭にはローブと同じ色の大きなとんがり帽子。女性は私の荷物を指差しながら、何度も同じ言葉を口になさっているようなのですが……

「そ＊荷＊、邪魔なn＊＊＊?」

……どういうわけか、女性の言葉がきちんと聞き取れないのです。

どこかの外国語を話されているという感じではありません。聞いたこともないようなイントネーションと言いますか、何度お聞きしてもその言葉の音が認識できないのです。

私が困惑した表情を浮かべていると、女性は腕組みしてしばらく考え込んだ後、おもむろに右手を伸ばして、指先を私の額にそっとあてました。

すると、その指先がぽわっと少し光ったような気がして……

「……うん、これでどうかしら？　私の言葉、わかる？」

「あ、は、はい。今度はしっかりわかります」

「そう、ならよかったわ。この世界の言葉って、私の世界の言葉に似ているんだけど、微妙に違っているみたいねぇ。ま、魔法で調節できるレベルの差異でよかったわ」

はい？　……私の世界？　……この世界？　……魔法で調整？

あの……この女性は一体何をおっしゃっているのでしょうか……言葉の意味が理解できなくて、私はしばらく首を捻《ひね》っていました。

呆《ほう》ける私を見ていた女性は、改めて私の荷物を指差しました。

「さて、言葉が通じるようになったところで改めて言わせてもらうけどさ、ここに荷物を置いてほしくないのよねぇ、私の門《ゲート》の出入り口だからさ」

「はい？　……門《ゲート》」

思わず素《す》っ頓狂《とんきょう》な声を上げてしまいました。

「まぁそうね。この世界の普通の人間なら、そんな反応になっちゃうわよねぇ」

女性は右手の人差し指をくるっと回しました。

すると……どうでしょう。

女性が指差していた段ボール箱がいきなり宙に浮かび上がり、左右に移動していったのです。

段ボールがなくなった停留所の壁に、何やら光る魔法陣のようなものが浮かんでいます。

……おかしいです。

引っ越し業者の方々が荷物を置いた際には、こんなものはなかったはずです。

ひょっとしたら、この女性が何かしたせいで浮かび上がったのでしょうか？

私は腕組みしたままその魔法陣をぼうっと見続けていました。

すると、その女性が私の肩をポンと叩きます。

「じゃ、お邪魔したわねぇ」

そう言うと、女性は魔法陣へ向かって歩き始めました。


その時です。

私は自分でも無意識のまま、女性の手を掴んでいました。

女性はぽかんとした表情を浮かべて私を見ています。

「……アタシに、何か用なのかしらぁ？」

怪訝《けげん》そうな女性に、私は言いました。

「あ、あの……お宅はお近くでいらっしゃいますか？」

「……まぁ……この魔法陣のすぐ向こうだけどぉ？」

「あの……初めてお会いする方に、このようなことを申し上げるのは非常に失礼だと重々承知しているのですが、もしよろしかったら数日の間、お邪魔させていただくわけにはいかないでしょうか？」

私自身、なんでこんなことを願い出たのか、正直よくわかりません。

ですが、この女性を逃したら後がない……そう思ったのです。

私の言葉を聞きながら、女性はぽかんとした表情を浮かべていました。

「……あんた、面白いわね。こんなものを作り出してるアタシについてこようとするなんてさ」

そう言うと、女性はぷっと噴き出して笑い始めました。

その様子に、私は顔が真っ赤になるのを感じました。

そうですよね……

出会って数分しか経っていない相手。しかもその女性は、指先一つで段ボールの山を押しのけて、その向こうに発生させた門《ゲート》とかいうよくわからないものを通って、どこかへ行こうとされているところなのです。

そんな相手に私は、お宅に少し住まわせてほしいと申し出たのですから……

しかし、それほどまでにテンパっている、といいますか、切羽詰まっているのは事実です。

とはいえ、もしもこのお方が男性でしたら、私は間違っても申し出なかったと思います。

そ、その……この年でございますけれども、いまだに乙女でもございますし……

胸もなく、顔立ちにも魅力が乏しいことは私自身が嫌というほど自覚しております。ですが、それでも、男性とそのような関係になりうるシチュエーションを自ら作り出すような破廉恥《はれんち》なことは……

「……ねぇ？　……ねえちょっとあんた、聞こえてる？」

必死に思考を巡らせていた私の眼前に、いきなり女性の顔が大写しになりました。

「は、はいぃ!?」

完全に虚《きょ》を衝《つ》かれた私は、その場で思い切り飛び上がってしまいました。

驚く私を疑わしげに見つつも、女性は淡々と言います。

「荷物はここにあったものだけでよかったのかしら？　勝手に移動させたけどさ」

「はい？」

私は一瞬ポカンとしてしまいました。

そして周囲を見回し、びっくりして腰を抜かしそうになりました。

先程までバス停の中を埋め尽くしていた私の荷物が、すべて消え去っていたのです。

バス

「他にないんだね？」

「あ、は、はい。あれで全部です」

「じゃ、行きましょうか」

そう言うと女性は私の手を掴み、平然と門《ゲート》の中へと入っていかれました。

私も手を引かれるまま、その光の中へと入っていったのです。

一杯目　日本酒と握り飯が大変に評判でございます

……えーっと。何をどう言えばいいのでしょうか。

門《ゲート》を抜けると、そこはどこかの不思議な部屋の中でした……

傍《かたわ》らに、私の引っ越し用の荷物が詰まった段ボールが山積みになっています。

拍子抜けするほどあっさりと、私は門《ゲート》を潜《くぐ》り、この女性のお宅へと移動してしまった……と、いうことなのでしょう、ね……

いまいち実感が湧かないまま周囲を見回していると、先程の女性が部屋を指差しておっしゃいます。

「あんたの世界で採取してきた薬草を片付けてくるから、そこら辺に座っててちょっと休んでてくれるかしら？」

そうして部屋の隅にある階段を降りていかれました。

一人になった私は、改めて室内を見回していきました。

部屋はかなり広いです。

壁はおそらく木のようですが……継《つ》ぎ目《め》などはなさそうですね。

部屋の中央にテーブルと椅子が置かれ、キッチンや本棚らしきものが壁際に並んでいます。

私は、とりあえず椅子に座ってその周囲をぐるっと見回しました。

そわそわしていると、程なく女性が下の階から上がってきました。

そのまま別の部屋に入り、部屋着らしい、かなり露出度の高いチューブトップのブラと、ハーフパンツのようなものに着替えた女性は、私の前の椅子に腰掛けました。

改めて真向かいで見ると、信じられないぐらいお美しい女性です。女の私でも見つめられるとドキドキしてしまいます。

「アタシはバテア。見ての通り魔法使いよ」

「あ、あの、私、陸奥さわこと申します……な、なんの変哲もない人間でございます」

バテアと名乗られた女性に続き私も自己紹介をしたのですが、緊張しまくっていたものですから、思いっきり裏返った声を出してしまいました。

まともに挨拶できなかったことを恥じて顔を赤くしていると、バテアさんはお腹を抱えながら笑い始めました。

「あんた面白い子ねぇ。初対面のアタシに居候《いそうろう》させてくれって申し出る度胸はあるのに、挨拶するだけでこんなに緊張するなんてさ」

笑い続けるバテアさんを見つめながら、私は恥ずかしさのあまり、更に茹《ゆ》でだこのように真っ赤になってしまったのでした。

◇◇◇

その後、バテアさんからあれこれお話を聞かせていただきました。

なんでもバテアさんは、世界を自在に移動する転移魔法と魔法薬学を得意とする魔法使いなのだそうです。

魔法陣で門《ゲート》を発生させて、いろいろな世界に出向いてはその世界特有の薬草を採取し、さまざまな魔法薬を作って販売なさっているということです。

「さわこの世界にも時々採取に行ってるの。さわこの世界はなかなかいい薬草が採取できるからね。まぁ、世界間の移動となると、転移魔法が得意なアタシでも週に一度が限界なんだけどね」

そう話すバテアさん。

さすがにその言葉をそのまま信じることは、すぐにはできそうにありません……

けれどバテアさんの後方にあるキッチンで、勝手に鍋が動いて勝手にお湯が沸き、更に勝手にポットにお茶が入る様子を見ていると、信じるしかないのでしょうか……

バテアさんの指がくるくると回るのを見る限り、あれもきっと、魔法ですよね……

その後、勝手にテーブルまでやってきたポットから、勝手にカップに注がれたお茶をいただきました。

紅茶のようですね、とてもいい香りがします。

「アタシはお酒が好きなんだけどさ、まぁ初対面のお客様には、こっちのほうがいいでしょ」

バテアさんも紅茶の入っているカップを口に運びます。

そしてひと息つくと、改めて私へと視線を向けました。

「あんたってば、いろいろ楽しそうだし……アタシも結構気に入ったからさ、ウチにおいてあげてもいいわよ。好きなだけいればいいわ」

「ほ、ホントですか!?」

私は、バテアさんの言葉に飛び上がって喜びました。

すると、バテアさんは笑顔で頷きました。

「その代わり……そうね、部屋の掃除と、あぁ、三階はしなくていいからね、あそこにはいろいろ厄介なものが転がっているから。あと、たまにお店も手伝ってもらおうかしらね」

「お店、ですか？」

◇◇◇

紅茶を飲み終えた私を連れ、バテアさんは部屋の隅にある階段へと案内してくれました。

どうやら、私が今いる部屋が二階のようですね。

かなり急な階段を降りていくと、一階のお店に繋がっていました。

やや薄暗い店内には、棚がいっぱい並んでいます。階段は、店内のカウンターの内側に続いていました。

バテアさんがぱちんと指を鳴らすと、室内に明かりが灯っていきます。

「ここはね、アタシがやってる『バテアの魔法雑貨店』よ」

そう言いながら、バテアさんは店内を右手で指し示されました。

明るくなった店内の棚には、不思議な形をした瓶に詰まった魔法薬らしきものが無数に陳列されています。

中には、宝石のような石や、その石が埋《う》め込まれたアクセサリーのようなものも並んでいました。

「アタシがいない時にさ、お店の掃除と店番をしてくれればいいわ」

「え、でも……わ、私、この世界のお金とか値段とかよくわかりませんし……」

「あぁ、それなら大丈夫よ」

バテアさんは棚から魔法薬の入った瓶を手に取り、レジの上に置かれているレジスターのようなものに近づけました。

　すると、そのレジスターに商品の代金らしき数字が表示されたのです。

「この魔法レジに商品を近づければ勝手に計算してくれるから。お金もここに入れれば自動でお釣りを計算して出してくれるからさ」

　バテアさんはなぜかクスクスと笑いながら説明してくれます。

　どうやら、この仕組みにびっくりしている私を見て楽しんでいるようですね。

　そのことに気づいた私は、また顔を真っ赤にしてしまいました。

　私は慌てて顔を逸らしましたが、今更ですよね……

「あら？」

　ふと、顔を背けた視線の先、店の奥にある窓際の一角にテーブルが二つ置かれているのに気が付きました。

　そのテーブルは長いこと使用されていないらしく、埃を被っているように見えます。

「あぁ、あれ？　あれはね、昔喫茶コーナーをやってた時期があってね、その名残りなのよ」

　そう言われて、私は先程の紅茶の味を思い出しました。

　確かに、あの紅茶はとても美味しかったですから、売りものになると思います。

「どうしておやめになったのですか？」

「このあたりの住人はさ、お茶よりも酒のほうが好きだからしょうがないよ。そういうアタシ自身も酒好きだしねぇ」

バテアさんは呆れながら言いつつも、声を上げて笑っていました。

そんなバテアさんの前で、私はテーブルから目が離せなくなっていたのです。


しばらく部屋の中を見学させてもらっているうちに、いつの間にか夕飯時が近づいていました。

「あの、せっかくですので晩御飯は私に作らせてください」

せめてものお礼にと私はそう申し出たのですが、バテアさんはきょとんとした顔をされています。

「あン？　せっかく引っ越してきたんだし、食べに行けばいいじゃない。お酒も呑みたいしさ」

バテアさんは陽気に笑って私の肩を抱き寄せると、そのままぐいぐいお店の外へ向かいます。

そして……店の扉の向こう側、街道らしき場所へと出て――

私は、目を丸くしてしまいました。

目の前にずらっと並ぶのは、石造りだったり木造だったりの趣ある建物。更に石畳の広い道には沢山の人たちが往来しています……が、なんというか、その姿が……


人のお顔なのにお耳が妙に長かったり――

二足歩行なのにお顔がワンコだったり――

ふさふさの尻尾がお生《は》えになっていたり――

どう見ても普通ではないのです。

この時私は改めて実感いたしました……バテアさんに連れられて訪れたこの世界は、私の住んでいた世界とはまったく違うということを……

半ば放心状態の私の肩を抱きながら、バテアさんは街道を進んでいき、やがて一軒のお店にたどり着きました。

バテアさんはこのお店の常連のご様子です。

「ようバテア、いらっしゃい」

「今日もしっかり呑んでいきなよ」

「おう、バテアちゃん。元気にしてる?」

「えぇ、今日もお世話になるわね」

お店に入ったと同時に、お店の方々や周囲のお客様から気さくに声をかけられています。

バテアさんは、そんな皆様に陽気な笑顔で応じていらっしゃいます。

私はバテアさんに肩を抱かれたまま、とりあえずぺこぺこと周囲に頭を下げ続けました。

「は、初めまして」

「よ、よろしくお願いします」

何度も何度も挨拶しながら頭を下げ、もう恐縮しきりでした。

私達は、店の奥にある二人用の席に座りました。

「飲み物はいつもので。あと、適当に食べるものを見繕《みつくろ》ってくれるかしら？」

「あいよ、まいどありぃ」

バテアさんの言葉を受け、厨房らしきところで作業をされていた虎のようなお姿の店員さんが元気な声で返事をされました。

程なく、飲み物が運ばれてきました。

大きな木製のジョッキに、何やら黄色い飲み物が入っています。

「ほんじゃま、さわこのいらっしゃい記念ってことで、かんぱーい」

そう言うと、バテアさんは私が手にしたジョッキに、自らのジョッキを押し当て、そのまま一気に呑み干していきました。

ジョッキには結構な量が入っているのですが、バテアさんはそれをあっという間に空《から》にされたのです。

「つぷはぁ！　この瞬間のために生きてるって感じよねぇ。はい、お代わりぃ！」

「あいよ！」

バテアさんが空になったジョッキを陽気に掲げると、先程の店員さんが笑みを浮かべながら駆け寄ってきます。

「ほら、さわこも呑んで呑んで！　まさかアタシの酒が呑めないなんていうんじゃないでしょうね？」

「あ、いえ、お酒は大好きですので……いただきます」

そう言うと、私はジョッキの飲み物を口に運びました。

……ん？

一口呑んだ私は、無言でジョッキを下ろしました。

多分……いえ、間違いなく、今の私はすっごく無表情になっていると思います。

はい……このお店に連れてきてくださったバテアさんには大変申し訳ないのですが、このお酒……

おいしくないのです。

妙に味が薄いうえ、ほとんど冷えていない……ビールに近い味といえなくもないのですが、雲泥《うんでい》の差と申しますか、もう比較するのが申し訳なくなるレベルです。

味がビール寄りなのに冷えていないので、すっごい違和感といいますか、『これではありません』的な感覚が湧き上がってきて仕方ありません。

私がジョッキを見ながらひたすら首を捻りまくっていると、バテアさんは早くも二杯目を呑み干し、三杯目を注文なさっています。

おそらく私は、そんなバテアさんを化け物でも見るような目で見ていたことと思います。

よく、このお酒を、そんなペースで呑めますね……と。

「お待たせしましたぁ」

お酒の味に面食らっている私の前に、店員さんが料理を運んできてくださいました。

思わず安堵《あんど》の声をもらしました。

あぁ……とりあえず美味しい料理があれば、この微妙な味のお酒も無理矢理流し込めるかも……

と、そう思ったのですが、机の上に運ばれてきた料理に、私は再び目を丸くしてしまいました。


大きなじゃがいも風の野菜がドンとのっかっているだけのお皿――

緑の野菜を炒めたようなものがのっているお皿――

黄色い卵焼きのような料理がのったお皿――

何かのお肉の塊《かたまり》がのっかっているお皿――

それらが並べられていきます。

匂いは……なんというのでしょう。例えばお肉の料理は、焼けた香ばしい香りはするのですが、同時になんだか生臭いといいますか……しかも、妙な赤みのあるお肉といいますか……

今までの人生におきまして、これほど胸躍らない料理を前にした記憶はございません。

ところが、そんなしかめ面な私の前で、バテアさんはそれらの料理を次々と口に運んでいくのです……

「ここの料理はまずまずよね」

えっと……そ、そうですよね……食べる前から妙な偏見を持ってはいけませんよね……それに、せっかく楽しそうなバテアさんの気持ちを害するようなことをするのはいただけません……

私は自分に何度かそう言い聞かせると、それらの料理を口に運びました。

……結果。

椅子に座って首だけがカクンと垂れ下がった私がそこにおりました。

大きなじゃがいも風のお野菜は、まさにじゃがいもの味なのですが、軽く焼いただけというような調理らしく、食感がガリッボリッゴリッとしておりまして……どうにも残念な感じです。口に含むとモソモソして、口内の唾液をすべて持っていかれてしまいました。

卵焼きみたいな食べ物は、こちらもその通りの食べ物だったのですが、焼きすぎているためかすっごく硬くなっていまして……。ガリガリした食感と焦げた匂いのコントラストが悪い意味でたまりません。

野菜炒めは薄味すぎて食べた感じがいたしません。

そしてとどめはお肉です……生臭さが半端ではありません……

おそらく狩られた後も中途半端な血抜きしかされておらず、当然冷やしたりもしていないのでしょう。

通常、野生の動物を狩った際には、しっかりと血抜きをして体内の血液量を少なくした上で、すぐに冷やして血液の腐敗を防ぐ処置が必要です。このお肉はそれが不十分なために、お肉の質自体は悪くないのにすっごく残念と申しますか……匂いも味もとても雑な感じになっています。

口直しにお酒を口に含むと、あのうすーいビールらしきもの……

元々いまいちだったお酒の味を料理でごまかそうと思っていたのに、その料理の味までいまいちなのですから、もうどうにもなりません……

「あ、あのバテアさん？」

「ん、何？　さわこ」

「あの……他のお酒はないのでしょうか？」

「この界隈は、どこの店もほとんどこの酒しか置いてないわよ」

「あ、あぁ……そうなんですね……はい、わかりました」

バテアさんの言葉を聞いた私は、作り笑いを浮かべることしかできませんでした。

◇◇◇

結局私は、バテアさんの機嫌を損ねないように、いまいちなお酒を三杯呑みました。

片やバテアさんはと申しますと、同じお酒を十杯も呑まれていました。

お店を出たバテアさんは、かなり上機嫌なご様子です。

「さわこに、かんぱ～い、あははぁ」

私の肩を抱きながら、そんな風に言ってくださいます。

私は苦笑しつつ、バテアさんの腰をかかえてお宅に向かって歩きました。

戻ってきて初めてわかったのですが、バテアさんのお店とご自宅を兼ねている建物は巨大な木でできていました。

巨木の幹の中がお店や居住スペースになっている感じですね。

その外の枝には葉っぱが茂っています。今は夜なのではっきりとは見えませんが、お昼時に見上げたらさぞ幻想的な景観なのではないかと思います。

お店の中に入ると、私は内鍵を閉めてから二階の居住スペースへと上がっていきました。

酔っ払っているバテアさんを抱きかかえて急な階段を上るのは少々大変でしたけれど、どうにかリビングの椅子にバテアさんを座らせることができました。

バテアさん、だいぶ酔ってはいますが、意識ははっきりしているようです。

私はフラフラしながら自分の荷物が山積みになっている一角へと歩いていきました。

微妙な味のお酒のせいで悪酔いしていますので少し気持ち悪いのですが……今の私はお酒に飢えていました。

はい、美味しいお酒に、です。

段ボールを幾つか開けたあと、ようやく日本酒の瓶が見つかりました。

これ、先日閉店した『居酒屋酒話』の在庫品です。

私は同じ段ボールに入っていたグラスを取り出すと、それを台所で洗ってからテーブルへと持っていきました。

バテアさんも呑まれるかな、と思いましてグラスを二つ準備したところ、案の定フラフラだったバテアさんも目を輝かせながら飛びついてきました。

「何、お酒ぇ？　アタシも呑むわぁ」

お酒の封を開けると、バテアさんのグラスと私のグラスへ注《つ》いでいきます。

「バテアさん、改めまして、よろしくお願いしますね」

私はバテアさんに一度頭を下げたあと、バテアさんのグラスに自分のグラスを当てます。

バテアさんは、グラスを少し上げてそれに答えてくださいました。

なんというのでしょうか、そういうちょっとした仕草が実に様《さま》になる方ですね。思わず一瞬見惚れてしまいました……

そのまま私達はグラスのお酒をぐいぐいと呑み始めます。

美味しいお酒に飢えていた私は、十六度ほどのアルコール度数にもかまわず一気に空《あ》けていきます。

そして次の瞬間、バテアさんがこれでもかといった様子で目を見開き、ガバッと身を乗り出しました。

「……ちょ……何このお酒……こんな美味しいお酒呑んだことがないわ！」

お酒の瓶を手にするバテアさん。

残りを一気に呑み干すと、手にした酒瓶と空のグラスを交互に見つめていました。

「……な、なんなのよ、この酒……水みたいに口当たりがよくて、それでいて芳醇《ほうじゅん》な味わい……こんなお酒は初めて……」

感動している様子のバテアさんに、私は笑みを浮かべ、少し胸を張りました。

そうでしょうとも、そうでしょうとも！

こうでなくてはいけません。

お酒には好みがありますし、私も他人の趣味嗜好に口を挟むつもりは毛頭ございません。

……ですが、先程のお店のお酒……あれはいただけません。

せっかく仲良くなってくださった御方が、あの程度のお酒で気持ちよく酔っ払われてしまうのを、元居酒屋女将といたしましては見過ごすわけにはいきません！

今、私の目の前で、私がお勧めしたお酒を『美味しい！』と言いながらがぶがぶ呑んでくださるバテアさんを、私はとても嬉しい気持ちで見つめておりました。

すると、そこで私のお腹が小さく鳴りました。

……そう言えば、あのお店で出された食べ物……結局ほとんど食べることができなかったのよね……

あまりにも不味《まず》……いいえ、私の口に合わなかったものですから、どうしても食べられませんでした。

結局、ほとんどをバテアさんに食べていただくことになったのです。

「姉ちゃん、小食だねぇ」

お店の方にそう言われたのですが……

違うんです……むしろ私、大食いなのです……。ここ最近、少し気になり始めたお腹まわりを見てもらえばわか……あ、いえ、絶対に見せませんよ、見せませんからね。

私は、先程の荷物の場所へ移動し、再び探し始めました。

すぐに見つかったのは、大根と調味料とお出汁《だし》。

そうですね、とりあえずお酒の肴《さかな》でしたらこれで十分でしょう。

私は、他の荷物の中から圧力鍋を探し出しまして、バテアさんの台所へと運びました。

ちなみに、バテアさんのお店の台所に設置されているコンロは……ガス製ではないようです。

どこにもガスホースらしきものが繋がれておりません。

ボタンらしきものがありましたので、そこを試しに押して見たところ――

ボッ！

と音がして、コンロ状の器具に無事火がつきました。

とにもかくにも、これで料理はできますね。

まな板や包丁も、私が持ち運んだものを使用することにしました。

バテアさんのものも置かれてはいるのですが、私のとは若干形が違ったりしていますので、ここは長年使い慣れているものを使用させていただくことにします。


まず大根に包丁を入れ輪切りにし、桂剥《かつらむ》きをします。

そして出汁の入った圧力鍋の中に切った大根を入れて強火で加熱していきます。


その間に、大根の皮を集めて千切りにします。

もう一つのコンロに私のフライパンを置き、ごま油を入れて熱しておきます。

十分温まったら、刻んだ大根の皮と調味料を加え、汁気がなくなるまで炒めます。これで大根の皮のきんぴらの完成です。

きんぴらの調理中に圧力鍋のピンが立ち、元気な音が聞こえてきましたので、中火にして更に六～七分加熱していきます。


ここからタレ作りに移ります。新しい鍋をコンロに置きまして、そこに味噌と調味料を適量入れ、味を見ながら水を徐々に加えつつ調節します。

味噌ダレが完成するのとほぼ同時に、圧力鍋のほうも完了しました。

味噌ダレの食欲をそそる良い香りが、部屋中に漂ってきました。

「ちょっとちょっと⁉　なんなの、なんなの？　その美味しそうな匂い‼」

テーブルでお酒を呑み続けていたバテアさんも匂いが気になったらしく、台所にいる私のところまで歩み寄ってこられました。

私はバテアさんにお願いしてお皿を数枚出してもらいました。

圧力鍋から取り出した大根を大皿に盛り付け、その上にとろとろの味噌ダレをかけます。

別のお皿には、大根の皮のきんぴらをそのまま盛りつけました。

これで、ふろふき大根と、大根の皮のきんぴらの完成です。

「ちょっとこれ、とっても美味しそうな匂いがしてるわねぇ」

ふろふき大根がのったお皿を運びながら、バテアさんは鼻をクンクンと鳴らしています。

私はバテアさんの後ろを、きんぴらがのったお皿と、取り皿用の小皿を持って続きました。

テーブルへ戻った私とバテアさんは、また私の自慢の日本酒をお互いに注ぎ合います。

「じゃ、改めて、かんぱ〜い！」

「かんぱ〜い！」

グラスをカチンと打ちつけて、まずはお酒を一口。

お酒を半分ほど呑み干したバテアさんは、早速出来立てのふろふき大根をふうふうしながら口に運ばれました。

すると、バテアさんは目を見開きながらすっくと立ちあがったのです。

そのあまりの勢いに、私、思わず気圧《けお》されてしまいました。

「うわ！　美味しい！　これ、すっごく美味しいじゃない！」

半ば叫びながら、テーブルの上のふろふき大根を見つめています。

バテアさんはそこで更にお酒を一口呑まれます。

「しかもこの料理、このお酒にもすっごく合うじゃない！　うん、お酒と料理がお互いの味を高め合ってるみたい！」

座り直したバテアさんは、ふろふき大根を次々に平らげていきます。

ちなみに、この世界にはお箸というものがないそうでして……さっきのお店でもナイフとフォー

クのようなものしかありませんでした。

今もバテアさんはフォークみたいな道具で食べていらっしゃるのですが、私は自分の世界から持参してきたお箸を使うことにしました。


さて、私も一つ食べてみましょう。

お箸が大根にすっと入っていきますので、よい塩梅に仕上がっているようですね。

はふはふと一切れ食べると、大根の旨味と味噌ダレが程よく絡み合いながら口の中に広がっていきます。

更に辛口のお酒を呑んで……はい、目の前でバテアさんの食べる勢いが俄然《がぜん》止まらなくなるのもよくわかります。

「うん……美味しいですねぇ」

私はにっこり微笑みました。

やはり美味しいお酒と料理ですね。これさえあれば、誰の顔もにっこり笑顔になるものです。

その後、私とバテアさんはふろふき大根ときんぴらを肴にして、何度も乾杯を交わしました。

バテアさんは、ご自身のこと、この世界のことを陽気に語ってくださり、私もそのお話を大変楽しく聞かせていただきました。

いろんな場所を旅されているバテアさんのお話はとても不思議なものばかりです。

例えば、私の世界の薬草を使うと、火属性の魔法能力を高める魔法薬を作ることができるんだそうです。

また、とある世界では、薬草採取の時に『どらごん』に追い回されたとか……！

私にとっては夢のような世界のお話を、面白おかしく語ってくださるバテアさん。

少し前まで途方に暮れていた私ですが、こうしてとても素敵な方と巡り合えた偶然に感謝の念が絶えません。

私はその後も、バテアさんのお話をずっと笑顔で聞き続けていたのでした。

そして、何度も何度も杯を交わした結果……

私とバテアさんは、二人がかりで一升瓶を十本……朝までに空にしていたのです……

◇◇◇

「う、う〜ん……」

目覚めた私の視界には、知らない天井がありました。

どうやらベッドらしき場所で、横になっているようです。

ベッドの脇にあるカーテンを少し開けると、すでにお日様が高くなっていました。

「あ、いけない……仕込みをしないと……」

そう呟きながら立ち上がりかけた私は、ハッとなりました。

「……あ、そっか……。もう、お店はないのでした……」

お店はもうない。

その寂しさを、ここ数日、毎朝感じていた私。

……ですが、今の私は不思議と晴れやかな気持ちになっていました。

そうです、私は昨日、まったく新しい世界にやってきたのです。

隣に視線を向けると、私をここに導いてくださったバテアさんの美しい寝顔がありました。

……はい、だんだんと思い出してきました。

朝まで呑んだ私達は、そのまま同じベッドで倒れ込むように眠ってしまったのです。

バテアさんはまだ寝息を立てています。


なんにしても、一人きりでないというのは、心強いものですね……


バテアさんの寝顔を見ながら私はふふふと笑みを零し、それから何気なく、自分の体へと視線を向けたのですが……

「……あ、あれ？　……な、なんで⁉」

思わず目が点になってしまいました。

「な、なんで私、裸なのですか⁉」

……なんといいますか、ただの裸ではなく……ぜ、全裸でした……

そこで私は、幼なじみのみはるによく言われていた言葉を思い出しました。

『さわこってお酒に強いんだけど、限界を超えると服を脱ぎ始めるのがねぇ』

って……慌ててベッドの周囲を見回してみますと、私の服があちこちに散乱しています……

はわぁ……。や、やってしまったぁ……

私はバテアさんを起こさないようにベッドから抜け出ると、周囲に散らばった服を掻き集めて慌ててそれを身につけました。


き、今日からは、気をつけないと……

そう、固く誓いながら。

◇◇◇

きちんと服を着直して……

私は気持ちも新たに台所に立ちました。

朝食の準備をしましょう。居候の身ですから、それぐらいはやらせていただきます。

シンプルにわかめの味噌汁と御飯、それに厚焼き卵を作ることにしました。

この世界には電気というものがないらしく、電気釜が使用できません。

とはいえ、居酒屋を経営していた際には、いつも土鍋で御飯を炊いていたので問題はありません。コンロはありますしね。

そういえば、昨夜、私が不思議に思ったこのコンロについてバテアさんにお聞きしたところ、『魔石コンロ』というのだそうです。

仕組みとしましては、火属性の魔石がセットされておりまして、その力で炎が発生するということでした。

……自分で言っていてあれですが、いまいち意味がよくわかりません。

なんなのでしょうか、その『ひぞくせいのませき』というのは……

と、とにかくですね、その火属性の魔石のおかげでこうしてコンロが使用できるのですから、ありがたいです。

お鍋に水を張り、底に出汁昆布を沈ませてしばらく寝かせておきました。

昆布を入れたままお米を炊くと、香りが出て旨味が増すんです。

お米は、私が持ってきた『あきたおとめ』を使用することにしました。

研いだお米をしばらく水に浸したあと、その水を切って土鍋に移します。

お米を昆布入りの水に入れて火を着けましたら、水が沸騰するまでは強火で。

しばらくして沸騰してきたら、中火まで火力を落とします。

沸騰状態を保ちながら徐々に弱火にしていくのがポイントですね。


御飯が炊けるまでの間にお味噌汁を作りましょう。

あまり材料がありませんので、乾燥わかめと昨日の大根の残りを使用することにしました。

土鍋の隣で、水を張った片手鍋を火にかけます。

食べやすい大きさに刻んだ大根を加え、大根がいい案配になりましたら、出汁入り味噌で味を調《ととの》えていきます。

最後に、乾燥わかめを適量入れれば完成。

お店で出していたお味噌汁は、自分で配合した合わせ味噌に、削り鰹と昆布から取った出汁を合わせて作っていたのですが、どちらも持参しておりませんので、今日は市販品で代用した次第です。


さて、土鍋の御飯もほぼ炊き上がりました。

私は、最後に再び強火にすると、「一……二……三……四……五」と五秒数えてから火を消しました。この五秒の強火で、美味しいお焦げができるというわけです。

電気釜では味わえない、土鍋調理の醍醐味ですね。

あとはこれを蒸らすだけです。


十分少々蒸らす時間が必要ですので、その間に今度はだし巻き卵です。

幸いバテアさんの家に卵がありましたので、それを使わせていただくことにしました。

卵を四個ボールに入れ、水を少しと白だしを加えたら、砂糖をひとつまみ。それを三本の菜箸《さいばし》でかき混ぜていきます。

お箸を三本使うことで、材料がより混ざり合い、空気が含まれてふっくら焼けるんです。

よく混ぜたら、先程までお味噌汁を作っていたコンロの上に卵焼き用のフライパンをのせ、サラダ油を引いて加熱していきます。

フライパンから軽く煙が立ち上り始めたら頃合いです。

卵を徐々に流し込み、固まったら巻いて、そこへ卵を追加して、と繰り返していきます。


作業をしていると、バテアさんが起きていらっしゃいました。

昨夜酒盛りをしたテーブルの椅子に腰かけたバテアさんは、そこから眠たそうな顔をしたまま私の様子を見ておられました。

「さわこってば、見た目と違ってずいぶん器用なのねぇ」

……え〜っと、若干引っかかる単語がなきにしもあらず。なのですが、手元の卵焼きが佳境にあるので、スルーしていきましょう。

良い感じに卵が焼き上がりましたので、皿へ移してから包丁で適当な大きさに切ります。

と同時に、ちょうどお米の蒸らしも終了ですね。

「さぁ、お待たせしました。朝御飯ができましたよ」

私は、バテアさんに笑顔でそう言いました。

◇◇◇

私は、御飯とお味噌汁を、持参してきたお茶碗などによそっていきました。

それをバテアさんがテーブルまで運んでくださいます。

最後に、だし巻き卵をのせたお皿をテーブルに運び終えると、私も椅子に座りました。

「じゃ、いただくわね」

「はい、いただきましょう」

さあ食べましょうというところで、バテアさんの手がぴたりと止まりました。

「……ちょっとさわこ、作ってもらっておいてなんなんだけど……これって米？」

「えぇ、そうですけど……私の世界から持参してきたお米を炊いたのですが、何か問題でもありましたでしょうか？」

「米って家畜の餌にしか使われてないのよ？」

バテアさんはそう言いながら顔をしかめています。

なんと、そうでしたか……。こちらではお米は家畜の餌扱いなのですね。日本人としては残念なお話です……

でも、そんな不満げなバテアさんに対して、私はにっこり微笑んでみせました。

「きっとご満足いただけると思いますので、騙されたと思って一口食べてみてくださいな」

昨日のふろふき大根やきんぴらを喜んで食べられていたバテアさんを見る限り、私と味覚が異なるということは考えにくいです……。ですから、きっと喜んでいただけるはず、と私は自信をもって返しました。

「う〜ん、まぁ、せっかくさわこが作ってくれた料理だし……。そりゃ食べるけどさ……」

渋々といった表情で、バテアさんは御飯を口に運びました。

そして、次の瞬間——

「んぁ!?」

御飯を口に入れたバテアさんは、いきなり目を丸くして立ち上がりました。

「な、なんなのこれ？　本当に米なの!?　家畜の餌にしかならないあの米が、なんでこんなに美味しいのよ!?」

バテアさんはそう言いながら、立ったますますごい勢いで御飯をかき込んでいます。

食べたものが美味しいと立ち上がる、というのがバテアさんの感情表現のようですね。


それにしても、やはりお米も受け入れてくださいました。

……ひょっとして、私の世界のお米とこの世界のお米は種類が違うのでしょうか？

それとも単に調理法の違いなのでしょうか？

とにもかくにも、この世界にもお米があるらしいというのは朗報ですね。

今度はこちらのお米で御飯を炊くことができるかもしれません。

是非、実物を入手して試してみたいと思います。


次にバテアさんは、お味噌汁と厚焼き卵をすごい勢いで食べ始めました。

「このスープもなんなの？　こんな美味しいスープは初めてよ！　それにこの卵焼きも！　酒場の卵焼きとは全然違うじゃないの！　甘くて美味しいっていうか、とろっとふわっとしてて……あぁもう、さわこ！」

「は、はい!?」

「とりあえず御飯のお代わりよ！」

「はい、喜んで」

バテアさんが差し出したお茶碗を、私は笑顔で受け取りました。

自分が作った料理を美味しいと言っていただけるのは、本当に嬉しいものですね。

バテアさんのお茶碗にお代わりをよそって手渡すと、私も御飯を口にします。

良い感じにお焦げもついていて、私は思わず笑顔になりました。

◇◇◇

朝食を終えると、バテアさんは笑顔でこちらに向かって告げられます。

「じゃあ、アタシは薬草の採取に行ってくるわね」

「あら？　バテアさん……転移は週に一回しかできないのでは？」

「あぁ、それは異世界に移動する上級転移魔法よ。今日はこの世界の北方の山に行くの。この世界の中で転移するくらいなら、大して魔力を消費しない低級転移魔法で移動できるのよ」

「はぁ……そ、そうなのですね……」

バテアさんはそう説明してくださるものの、いまいち理解できません。

そもそも、魔法というものの知識からして少ないですからね、私って……

「じゃあさわこ、店番よろしくね」

「は、はい！　一生懸命がんばります！」

バテアさんのお言葉を受けまして、私は両手をギュッと握りしめて気合いを入れました。

居候二日目にして店番を任されることになったのです。

しっかりがんばらないといけませんね。

魔法で出現させた転移ドアを潜っていくバテアさんを見送った私は、仕事着といたしまして着物を身につけました。

引っ越しの荷物にありました着物箪笥の中に保存していたものです。

なんと言いますか……今まで居酒屋でしか働いたことがない私は、いつもこれを着ていまして、この姿になると気合いが入るんです。

「よし、がんばるぞ！」

淡い黄色の銀杏《ぎんなん》柄の着物を身につけた私は、両手をギュッと握りしめました。

……ちなみにこの着物、父が初めて私のために買ってくれたものなんです。

「父さん、私、がんばるからね」

着物の襟を整えてやる気になった私は、まずお店の外に出て、扉に看板を掲げました。この看板、バテアさんの世界の言葉で「開店」と書かれています。

バテアさんが私の頭の翻訳機能（?）を魔法で調整してくださったおかげで、こちらの世界の文字は一応読めるようにはなっているのですが、文字自体は見たこともないぐにゃぐにゃとしたものです。

そんな状態で店番ができるのかと不安だったのですが、そこはバテアさんに昨日いろいろと聞いておいたので大丈夫です。『バテアの魔法雑貨店』の店番をするにあたって、私は事前にバテアさんから指輪を一つ預かっていました。

「これは魔石が埋め込んである指輪よ。この魔石に、お店で扱ってる商品の情報を入れといたからさ、店番してる時に何か聞かれたら、この指輪に向かって知りたいことを念じてね」

「念じる……の、ですか?」

「そう、念じるの……試しにやってみる?」

そう言われて、私はバテアさんの前で指輪を見つめました。

「そ……そうですね、それでは……お店にある治癒のお薬は……」

そう念じてみると……魔石が淡い光を放ち始めました。更に次の瞬間、店内の棚のあちこちから、まるで吹き出しみたいなウィンドウがいっぱい飛び出してきたのです!

どうやらこれは本当に飛び出しているわけではないようで、指輪を嵌《は》めた私にだけ見えているということでした。

ウィンドウには、棚にある治癒効果のお薬の一覧が表示されていまして、その横には詳しい効能や値段なども記載されています。

そして薬の名前の部分を指で触れると、棚の中の該当する薬が淡く光って、ここにありますよ、と教えてくださるのです。

「どう？　これならかなり楽でしょ？」

「は、はい。とても助かります」

……と、そのような経緯があったのです。ですから、この魔石付きの指輪があれば、なんとかなるでしょう。……たぶん。


私は、店内を見回していきました。

たくさん並んでいる棚は、少し埃っぽい気がします。

そうですね、まずはお掃除から始めましょうか。

私は着物をたすき掛けにすると、荷物の中から取りだしたバケツとぞうきんを持って店内の清掃を始めました。

掃除はもともと大好きですし、慣れたものなので苦にはなりません。

こんな風に居酒屋でもしていた仕事をこなしていると、ここが異世界だということをしばし忘れて、没頭できますね。

商品をよけながら棚を拭いていて気付いたのは、特に瓶詰めの商品が多いことです。

瓶の中に液状の物体が入っているのですが……これが魔法薬なのでしょう。

試しに魔石の指輪で内容を確認してみました。


『治癒薬C《コモン》　軽易な治癒薬：擦り傷・切り傷などに効能』

『治癒薬UC《アンコモン》　やや有能な治癒薬：擦り傷・切り傷・やけどなどに効能』


ウィンドウの文字からはそのように読み取れました。

こ、こ、もん……あんこ、もん……？　「C」とか「UC」の意味がいまいちよく理解できませんが、効能が記載されてありますので大体は理解できました。

更に金色をしているいかにも高そうな瓶の内容を確認してみると――


『治癒薬LR《レジェンドレア》　欠損の修復・一定時間以内での蘇生・体力の全回復』


ということでした。やはり見慣れない「LR」の表示。

け、欠損って……指が取れちゃっても修復できるとか？　蘇生とは……亡くなっても生き返らすことができるとか、そういう意味でしょうか?

「……ま、まさか……ねぇ」

私は、苦笑することしかできませんでした。

そんな薬があるわけないじゃないですか……ねぇ……アニメや漫画じゃないのですから……

でも、とにかくこの金色の魔法薬が超高価でして……元いた世界のお金に換算いたしますと、だいたいですが、一千万円以上するようです……ですので、その瓶の周辺は特に注意しながら掃除をしていきました。


棚の清掃があらかた終わった時のことでした。

カランカラン。


店のドアにあるベルが鳴り、扉の開く音が聞こえてきました。

「いらっしゃいませ」

私は振り向きながら、声をかけました。

客商売をしておりましたので、その頃の名残とでも申しましょうか……少し声を張りすぎたかもしれません。

「あれ？　バテアはいないの？」

お店に入ってきたお客様は、一度私を確認した後、店内を見回しながらそう言います。

その方は、どこかに遠出でもされるのか、けっこうな重装備をなさっています。

重たそうなリュックを背負い、マントを羽織り、頭にターバンを巻かれています。

お見かけしたところ、どうも猫系の亜人女性のようですね。お顔は人間のものですが、猫のようなお耳と尻尾が生えていらっしゃいます。

私はたすき掛けを外しながら、お客様へと歩み寄りました。

「店主のバテアはただいま薬草採取に出かけておりまして、今は私が店番を仰せつかっております、さわこと申します」

「へぇ……あの気難しいバテアが人を雇ったのか……」

そのお方は、私を見ながらそんなことをおっしゃいました。


女性はクニャスさんというお名前だそうです。

猫ではなくて豹人族《ひょうじん》だそうでして、冒険者というお仕事をされているとのことです。

「遠方への荷物運びの仕事を請け負ったんでね、いつものように薬の補充をしておこうと思って寄ったんだけど……」

「それでしたら、お手伝いさせていただきます」

「ホントに？　じゃあお願いしようかな……あなた、なんか感じいいし、バテアよりも話しやすいしね」

「恐れ入ります」

……普段のバテアさんって、一体どんな感じで接客されているのでしょう……若干気になってしまった私でした。


クニャスさんのご要望は、魔法治療薬が大半でした。

他にも、一晩寝なくても大丈夫な不眠薬や、周囲に簡易な結界を張れる結界魔石という品物などもたくさん購入してくださいました。

バテアさんの指輪のおかげで、クニャスさんのご希望の品をすぐに探すことができたのでほっと一安心です。

「しかし……たくさん買われるんですね」

私の世界のお金に換算いたしましたところ、およそ二百万円近い買い物をされたクニャスさん。

「今回は依頼の条件が良くてね、前金をえらく弾んでもらえたんだ。だからこうして万全の準備をして出かけることができるのよ」

レジを済ませながら、クニャスさんは笑顔で教えてくださいました。

そうでしたか。

この世界のことを私はまだあまり理解できておりませんが……欠損だの蘇生だのといったお薬が普通に置いてあるわけですし、そういうことが日常的に起こりうる世界なんだろうな、というのはなんとなくわかります。

きっとクニャスさんも、危険をはらんだ旅に出られるのでしょうね。

そう考えたら、なんだか少し胸が締めつけられるような気分になりました。


「あのクニャスさん……少々、お待ちくださいませんか」

クニャスさんに告げると、私はいそいそと二階へ上がりました。

台所に、今朝作った土鍋御飯が若干残っておりましたので、急いで握り飯にしていきます。

そんなに個数は作れませんでしたが、それらをタッパーに入れてクニャスさんにお渡ししました。

「あの、よかったらこれもお持ちください。道中のお腹の足しにでもなれば幸いです」

「いいの？　んじゃ、ありがたくいただいておくよ」

タッパーを受け取ったクニャスさんは、嬉しそうに微笑んでくださいました。

「んじゃ、また寄るからさ、バテアによろしく伝えといてね」

お店を後にするクニャスさん。

私は玄関の外までクニャスさんをお見送りいたしました。

「またのお越しをお待ちしております」

クニャスさんの後ろ姿に一礼します。これも、『居酒屋酒話』で働いていた頃からの習慣ですね。

この世界に来て初めての接客を終えた私は、ほっと安堵の溜め息を漏らしました。

うまく接客できたかしら？　クニャスさん、嫌な思いはされてなかったかしら……

自問自答しながら、私はお店の中へと戻りました。

それからまもなく——

「ちょっと、さわこぉ！」

「は、はいぃ!?」

閉めたばかりのドアが開き、クニャスさんが駆け込んできたのです。

ドアに立ち、目を丸くして息を切らしているクニャスさん。

その右手には、食べかけの握り飯……？

先程私が手渡した握り飯を早速食べてくださったみたいです。

「これ何？　なんなの!?」

クニャスさんは、握り飯を指差しながら興奮した様子でまくし立てます。

「はいぃ……えっと……それは握り飯、ですが……」

その勢いに気圧されつつ、私は答えました。

何かまずいことでもしてしまったのでしょうか……

「握り飯？　なんでできてるの、これ？　すっごく美味しいんだけど……」

「あの……炊いたお米に、お塩を少々加えて握っただけですが……」

「ちょ!?」

ここでクニャスさんは更に目を丸くなさいました。

「米って、あの家畜の餌の!?　それがこんなに美味《うま》いって、ちょっとどういうこと!?」

クニャスさんは手にした握り飯と私の顔を交互に見ています。

そして残りの握り飯を、一気に頬張りました。

「……ありえないって、これ、ホント美味しいわ！」

そう言いながら、あっという間に手の中の握り飯を食べてしまいました。

「さわこ、悪いけど、なんか飲み物ないか？　できたら酒だとありがたいんだけど」

「お、お酒ですか？　まだお昼前ですよ!?　ぼ、ぼうけんのお仕事は？」

「まぁ、そう固いこと言わないでよ。こんなに美味しいもんを食べてんだもん、酒でも呑まなきゃやってられないってば」

クニャスさんはそう言いながら指を立てて笑っています。

店番を任されている身としては正直どう対応すべきか迷いましたが、クニャスさんはこのお店を懇意にしてくださっているご様子です。大切なお客様ということで、店の奥にある旧喫茶コーナーへとお通ししました。

ここはまだ拭き掃除が済んでおりませんでしたので、急いで乾拭《からぶ》きいたしました。

「クニャスさん、ではここで少しお待ちください。準備してまいりますので」

「ごめんね、無理言っちゃって」

クニャスさんは、次の握り飯を頬張りながら軽く頭を下げられました。

そんなクニャスさんに苦笑しながら、私は再びお店の二階へ上がっていきます。

私の荷物はすでに、衣類、料理器具、お酒とある程度分別してあります。

お酒の箱を開けた私は、辛口の日本酒を取り出し、グラスを持って一階へ戻りました。

待ちかねておられたクニャスさんは、口いっぱいに握り飯を頬張り、私に向かってもごもご言いながら、笑顔で手を振っています。

口にいっぱい詰め込みすぎて、何を話されているのかよくわかりません……ふふ……まるで子供のようです。


持ってきたグラスをクニャスさんに手渡すと、そこにお酒を注いでいきました。

「な、なんなのこれ？　変わった容れ物だねぇ」

握り飯を飲み込んだクニャスさんは、一升瓶を不思議そうに眺めています。

「さぁさ、どうぞ」

クニャスさんはお酒の入ったグラスを持ち上げると、くんくんと香りを確かめました。

「へぇ……なんか不思議な匂いがするお酒だねぇ……」

そう呟き、くいっと一気に呑み干されました。

「!?」

次の瞬間、クニャスさんはかっと目を見開き、私を見て、そして空になったグラスをジッと見つめます。

「な……何これ、すっきりしてすっごく美味しい！　こんなお酒初めて呑んだわ!?」

歓喜の声を上げるクニャスさんに、私は一升瓶を掲げてみせました。

「お代わり、いかがですか？」

「是非！　是非お願い！」

私はにっこり微笑んで、クニャスさんのグラスにお酒を注いでいきました。

◇◇◇

その後……

クニャスさんは何度も何度もお代わりをされました。

そのうち、ツマミにしていた握り飯もなくなってしまいました。

「いやいや、このお酒だけでいいわ。うん、このお酒、すごく美味しいもん」

クニャスさんは、そう言いながらぐいぐいお酒を呑んでいます。

「かーっ、たまんない！」

クニャスさんの顔はすでに真っ赤でした。心なしか体もフラフラなさっているような……

「あの……クニャスさん、そろそろおやめになったほうが……」

「あ？　たったこれっぽっちで、あらしが酔っ払うわけないらろぉ」

世界は違えど、酔ったお客様の態度というのは同じなのでしょう。クニャスさんのお言葉は、まさに酔っ払いの常套句《じょうとうく》でした……しかも若干呂律《ろれつ》が回っていません。

私はお水を持ってこようと再び二階に上がりました。

ところが、お水を持って一階に降りてみると、クニャスさんはテーブルに倒れ込んですでに眠り始めているではありませんか……

「むにゃあ……もう、のめにゃい……」

寝言まで口になさっています。

「……もう、だから言いましたのに」

そんなクニャスさんを見て、私は思わず笑ってしまったのでした。

◇◇◇

「……で、クニャスってば、まだ寝てるわけぇ？」

夕方になってバテアさんがお店に戻ってこられたのですが、クニャスさんはいまだ喫茶コーナーの机に突っ伏して眠り続けていました。

お掛けした毛布を抱きしめ、なんとも気持ちよさそうに寝息を立てています。

私から事の顚末《てんまつ》を聞いたバテアさんは、呆れて苦笑しました。

「クニャスってね、お酒は大して強くないくせに、呑むのが好きなのよ……でね、とにかく呑んで、すぐに寝ちゃうのよねぇ。さて、どうしたもんかしら……」

バテアさんは、そこでふとあることに気づかれました。

「あら？　クニャスが呑んだのは、その瓶のお酒？」

「あ、はい、そうですよ」

「……それ、昨日呑んだお酒と違わない？」

「えぇ、別のお酒ですけど……」

「え？　さわこ、昨日のやつ以外にもお酒持ってるの？」

「えぇ、以前やっていたお店の残り物ですけど……それなりに持ってきていますよ」

私がそう言うと、バテアさんはおもむろに私の肩を抱き寄せました。

「なによ、さわこってばぁ。そんなにいろんなお酒を持ってきてるんだったらもっと早く言ってよね。クニャスのことなんかほっといてさ、お店ももう閉めちゃって早速宴会といきましょう！」

そう言うと、バテアさんは私の肩を抱いたまま二階に連れて行こうとします。

「あ、あの⁉　ホントにクニャスさんをこのままにしておくんですか？」

「いいのいいの、酔い潰れたクニャスは明日の朝まで絶対に起きやしないから。さ、宴会よぉ」

バテアさんが右手の人差し指を一振りすると、たちまち店のドアが開き、朝方私がかけた看板が店内に飛んできました。

同時に、鍵の閉まる音が聞こえて、窓のカーテンも一斉に閉まっていきます。

どうやらバテアさんの魔法で、閉店作業が一瞬にして終わったようです。

結局私は、バテアさんの勢いに押し切られ、二階へと連行されてしまうのでした。

◇◇◇

……翌朝になりました。

……人間という生き物は、失敗を重ねていくものだということを、今の私は痛感しております。

……バテアさんのベッドで横になっていた私は、またも全裸でした。

そして、私の記憶は昨晩の途中から消えております。

ですが、記憶の中に薄らと……

「もう、暑いですしぃ、全部脱いじゃいましょう」

と言いながら、満面の笑みで服を脱ぎ捨てていく自分の姿がぼんやりとあるような、ないような……

この時私は、痛飲はほどほどにしようと、改めて強く心に誓いました……本当に誓いました……本当に……

せめてバテアさんのように、ネグリジェ一枚でもいいから身に着けて眠るようにしたいものです……

◇◇◇

さて、床に散乱していた衣類を身に着けたので、朝食を作ることにいたしましょう。

と、その前に一階を覗いてみたところ、クニャスさんは昨日と同じ格好のまま眠り続けています。……本当に、バテアさんがおっしゃっていた通りですね。

クニャスさんの姿を無事確認した私は、昨日と同じメニューを三人分準備していきます。

二階の台所で調理をしていますと、バテアさんが起きてこられました。

「あぁ……いい匂いねぇ」

振り向いた私は、バテアさんの姿を見てぎょっとしてしまいました。

「バテアさん!? ね、ネグリジェの下って……」

「ん？ あぁ、いつもこうよ。寝る時下着は着けない主義なの」

先程は布団が掛かっていてよく見えませんでしたが、バテアさんのスケスケのネグリジェの下に、バテアさんのナイスバディが、はっきりと……

い、いえ、私は同性ですし、別にそれでどうこうというわけではないのですが……

「ば、バテアさん、同じ女同士とはいえ、もう少しきちんとした寝間着のほうが……」

はい、さっきまで全裸だった私が言えることではないのですが……

少し顔を赤くしている私がそう言うと、バテアさんは首を傾げつつも頷かれました。

「そう？ アタシは別に気にしないけど？ ……まぁ、さわこが言うのなら……」

大きな欠伸をしながら衣装棚のほうへ歩いていくバテアさん。

「バテアさん、服を着られましたら、すみませんが、クニャスさんを起こしてきてくださいますか？ みんなで朝御飯にいたしましょう」

テーブルに料理を運びながら、私はバテアさんにそうお願いしました。

「了解、んじゃ、ちょっと起こしてくるわね」

ローブのようなものを羽織ったバテアさんが、一階に降りていきます。

その間に、朝食の準備は完了です。

……うん、今日も美味しそうにできました。

二杯目　もう一度、お店をやってみようと思います

今朝の朝御飯の食卓はとても賑やかになりました。

「いや、しかしこの御飯、ホントに美味しいわ！　これがあの家畜の餌を使っているなんて思えない」

茶碗の御飯をすごい勢いでかきこみながら、クニャスさんは何度も感動した声を上げてくださっています。

「まったく、あんたはどうしてこう、静かに食べられないのかしらねぇ……まぁ、さわこの御飯が美味しいから仕方ないのはわかるけど」

バテアさんが苦笑しながらクニャスさんを見ています。

「ほうほうほうはほほ、ほはんはほひひふへ……」

そんなバテアさんに、クニャスさんが言い返しました。

「何言ってるかぜんっぜんわっかんないから、口の中の物を全部呑み込んでからしゃべってくれる？」

そんなやり取りをするバテアさんとクニャスさんに、私も思わず苦笑してしまいました。

クニャスさんはバテアさんがこの街に魔法雑貨店を開いてすぐの頃からの常連さんなのだそうです。

お見かけしたところ、お二人とも年齢も近そうですね……と思ってはいたのですが……

「さわこ、何言ってんのよ。こいつは長命のエルフ族だよ？　もう百歳超えてる婆《ばば》ぁと一緒にしないでよね」

「なぁに言ってんのよ。人種族で言えば、まだまだぴっちぴちのお年頃よぉ、失礼しちゃうわねぇ」

……え？　バテアさんってば百歳超え？

ファンタジー知識をほとんど持ち合わせていない私には理解不能な事実を聞いて、きょとんとするしかありませんでした……

あとでバテアさんに改めてお聞きしたところ、なんでもエルフ族というのは相当長命な種族らしく、エルフの百歳は人種族の二十歳くらいに相当するそうです。

私やクニャスさんとは時間の流れ方が違うのですね……といった認識で落ち着いたのですが……いまいちしっくりときませんでした。

クニャスさんは、結局御飯を六杯お代わりされて朝食を終えました。

昨日の食べっぷりからしてこうなるんじゃないかなと予想していた私は、土鍋を二つ使って御飯を炊いておりましたのでしっかり対応できました。

「しっかしさわこはホント料理がうまいのね。ウチのパーティの専属調理人に雇いたいくらいだよ。このお茶も美味しいなぁ」

食後のお茶を飲みながら、クニャスさんは笑顔でそう言います。

なんでも、クニャスさんは数人の冒険者の方々と一緒にパーティを組んでいるそうです。依頼を受けてあちこちへ出向かれるため、メンバーの中には調理専門のお方もいらっしゃるとか。

「あの子も腕は悪くないんだけどさ、さわこの料理を食べたあとじゃあ、比べるのが可哀想になっちゃうわ」

クニャスさんはそう言うと、バテアさんに視線を向けました。

「ねぇバテア、マジでさわこを私にくれない？」

クニャスさんの言葉を受け、バテアさんは背後から私を抱きしめました。

「だぁめ。そもそもさわこをモノ扱いするような人には任せられません」

悪戯っぽく言い、クスクス笑うバテアさん。

「あー確かに……これは失礼しちゃったわね、さわこ、ごめん」

バツが悪そうに苦笑されるクニャスさん。

「いえいえ、むしろ嬉しい褒め言葉です」

お二人に釣られるようにして、私も笑みを浮かべました。

◇◇◇

クニャスさんがお帰りになった後、後片付けをしながら私は考えを巡らせていました。

……バテアさんもクニャスさんも、私の料理をとても喜んでくださいました……

ひょっとしたら、私の料理でこの世界の皆さんを笑顔にできるのかもしれません。元の世界ではお店を潰してしまった私ですけれど、ここでなら、この世界でなら、もう一回がんばれるかもしれない……

ただ、私は見た目が派手な料理はほとんど作れません。洋食も食べる専門で、作るのは苦手です。得意料理はありふれた和食ばかり。煮物や焼き物、そしてそれに合ったお酒をお勧めする……これぐらいが精一杯です。

それに、もし……もしもですよ、この世界でお店を始めるとしても、いろいろ問題がございます。

まず、お酒はどうやって仕入れたらいいのでしょう？

バテアさんのお話では、この世界において庶民の懐事情で手に入るお酒といえば、あの微妙な味のビールもどきぐらいしかないそうです。私の大好きな日本酒のようなお酒が流通していないかと淡い期待を抱いていたのですが……

「あんなお酒、見たことも呑んだこともないわ」

バテアさんにきっぱり言い切られてしまいました。

食材に関しても……一度この世界のお店を拝見してからになりますが、とにもかくにも、よい素材を安定的に仕入れる道筋を作っておかないことにはお話になりません。

それに店舗はどこで？

店員は私一人？

あれこれ考えていた私は、お出かけの準備をされているバテアさんに視線を向けました。

そしてちらっと浮かんだ私のアイデアが実現できそうか、思い切ってバテアさんに尋ねてみました。

「……あの……バテアさん、少しお聞きしたいのですが」

「あら、何かしら、さわこ」

「バテアさんが、私の世界と繋げていたあの門《ゲート》なのですが……私も使用させていただけるものなのでしょうか？」

「えぇ、できるわよ。前にも言ったと思うけど、異世界転移は魔力をすっごくたくさん使うから、週に一度が限度だけどね」

「あの……月に一～二回でいいので、私が元いた世界へ連れて行っていただくことは可能ですか？」

「そうねぇ……別にいいわよぉ、月に一～二回程度なら」

その答えをお聞きして、私は安堵の息を漏らしました。

これで、私が元いた世界と行き来できることは確定したわけです。

ということは、通帳に入れっぱなしにしてあるお店の売却資金なども引き出せます。

当面はそのお金を仕入れに充てれば十分まかなえるでしょうし、元いた世界の食材やお酒を仕入れることも可能です。

これで、この世界でお店を開くという夢への道が一気に開けたような気がしました。

「バテアさん。もうひとつお願いさせていただいてもよろしいでしょうか？」

「何かしら？」

「はい。今、お使いになられていない一階の喫茶コーナーなのですが、私が使わせていただいてもよろしいでしょうか？」

「あそこを？　別にアタシはかまわないけど……何する気なの？」

「はい、以前やっていた居酒屋を開けないかなと思いまして……もちろん、バテアさんさえよろしければということです。私、あちらの世界で一度お店を潰してしまったことがあるので、再挑戦といいますか……」

「イザカヤ？　……それは酒場みたいなものってことかしら？」

バテアさんは不思議そうな表情をしながら私を見ています。

どうやら居酒屋という言葉はこの世界には存在しないようですね。

「えぇっと……そうですね、酒場という認識で間違いありません。お酒とちょっとした料理をお出しするお店です」

私は笑顔でそう説明いたしました。

するとバテアさんは急に眉をひそめ、表情を強ばらせました。

まさかご機嫌を損ねてしまうとは思っていなかったので、バテアさんの反応に縮こまってしまいました。

「あ、あの……やっぱり、まずい……でしょうか？」

私がおずおずと聞くと、バテアさんは大真面目な表情で私をぎんと睨みます。

「……あんな美味しい酒と料理を、他の奴に出すなんてちょっとあり得なくない？　全部アタシが飲み食いしたいわ」

「……はい？」

冗談かと思ったのですが、どうやらバテアさんは本気のようです。

「街の奴らに、こんな美味しいものを……あ、でも水で薄めて出しちゃえば……いやいや、あいつらなんか、街に流通しているあの酒で十分じゃない……」

そんなことを呟きながら、腕組みをして本気で考え込んでしまったのです。

その姿を見た私は、思わず苦笑してしまいました。

「も、もちろん、バテアさんにも呑んでいただきますよ。家主特権で、新しいお酒を仕入れたら真っ先に呑んでいただきますから」

「そうねぇ……そういうことなら、いいかしら……」

なんというか、意外とあっさりと許可をいただけたみたいです……

とにもかくにも、こうして一度潰れた私の居酒屋は、とある異世界の、とある魔法店の一角で再開することになったのです。

◇◇◇

善は急げと申しますが、とりあえず、私は荷物の中からお店の暖簾《のれん》を準備しました。前のお店から持ってきたものです。

藍染めに白い文字で『居酒屋酒話』と染め抜かれています。

すると、それを見たバテアさんは少し首を捻りました。

「そのお店ってさ、潰れたんでしょ？　なら心機一転、新しい名前にしたほうがいいんじゃないかしら？」

バテアさんは私にかけてくださった言語補正魔法をご自分にも使っているようで、私の世界の言葉も読めるみたいです。

しばらく考えたバテアさんは何か閃いたのか、右手の人差し指を一振りされました。

すると、暖簾の文字が変化していきます。


『居酒屋さわこ』


なるほど……

確かにバテアさんのご意見も一理あるかと思います。ですが、自分の名前がそのまま店名になるのはちょっと抵抗が……

「なんでよ？　かわいいじゃない」

「で、ですけど……微妙に恥ずかしいと言いますか……名前がそのままというのは……」

私がもじもじしていると、バテアさんは再度人差し指を一振りされました。

たちまち暖簾の文字が変化していきます。


『居酒屋さわこさん』

「これでどう？」

「……そうですね。……はい、これならちょっと柔らかくなりましたし……よいかなと思います」

とまぁ、そんな流れで新しいお店の名前は『居酒屋さわこさん』に決まりました。

実は私の名前は、亡くなった父が店名の「酒」の「さ」、「話」の「わ」に、「こ」をつけて命名してくれたのです。

恥ずかしい気持ちも確かにありますが、こうして私の名前が店名に入ったことで、父の思いも継いで再開できる……そのような気持ちにもなれて少し嬉しくなりました。

「今日は南方の都市で約束があるからあれだけど、明日は予定が空いてるし、魔法店を臨時休業にして、仕入れの段取りをしましょうか」

「はい、よろしくお願いいたします」

バテアさんがそう言ってくださいましたので、ご厚意に甘えさせていただくことにしました。


転移ドアを潜っていくバテアさんをお見送りした私は、着物に着替えてバテアさんのお店の店番をしながら、『居酒屋さわこさん』の準備にかかりました。

とりあえず手始めに、クニャスさんに好評だった握り飯を、魔法雑貨店のレジ横で販売してみてはどうかと思っています。これはバテアさんからの提案でもありました。

話がどんどん前に進んでいくものでして、私もなんだかうずうずしてきてしまいました、はい。

握り飯弁当は、バテアさんにも事前に「お昼に召し上がってください」とお渡ししてあります。

竹の葉風の包みに、握り飯を二つ。そこに私が漬けたたくあんを二切れ添えました。

「一つでも売れたら嬉しいな……」

そんなことを口にしながら、私は握り飯弁当をレジの横に並べます。

冷却魔石というものがあり、これを側に置いておけば、握り飯が冷やされて傷みにくくなるそうです。

お店の掃除を終え、準備万端です。

「開店」の看板をかけた私は、その側に張り紙を張りました。

『握り飯弁当あります。居酒屋さわこさん』

私の世界の言葉で書いてありますが、バテアさんの言語補正魔法をかけてもらっていますので、こちらの世界の皆様にもきちんと読めるそうです。


昨日、クニャスさんが呑みすぎて眠ってしまったあと、実は結構な数のお客様がお見えになりました。バテアさんのお店は私が思っていた以上に人気店のようですから、今日もきっとたくさんのお客様がいらっしゃることでしょう。

そのうちのどなたかが一つでも買ってくださったら嬉しいです。

そんな期待を胸にお店を開けると、早速最初のお客様がお見えになりました。

おそらく冒険者のお仕事をされていると思しき女性のお二人です。

「いらっしゃいませ。バテアの魔法雑貨店へようこそ」

「あぁ、バテアさんいないんだ、あんた店番？」

「はい、店主のバテアは出かけておりまして、私が店番を仰《おお》せつかっております」

「へぇ、バテアが人を雇うなんて珍しいわね」

お客様としばらく雑談を交わした私。

お二人は店内を見回ると、回復薬と結界魔石をカウンターに持ってこられました。

「ん？　何これ？」

その時、お一人がレジの横に置いた握り飯弁当に気づかれました。

「あ、はい、これは握り飯弁当といいまして、今日からお試しで販売しているんです」

「ニギリメシ？　……聞いたことないなぁ」

「これ何？　食べ物？」

「はい、お米を握ったものでして、私の国では普通に食べられていたものです。お昼御飯にいかがですか？」

私は満面の笑みを浮かべながらそう説明しました。

平静を装ってはいますが、緊張で心臓がばくばくしています。

『居酒屋さわこさん』初の商品である握り飯を、いきなり気にしていただけているのですから。

ですが、私の説明を聞いたお二人は、顔をしかめてしまわれました。

「お米って……」

「あの家畜の……」

小声で言いながら顔を見合せています。

……そうでした。この世界のお米は、家畜の餌であり、食べ物ですらないのです……

内心苦い思いに駆られていた私に、お二人は苦笑いを向けてきます。

「まぁ……今日は街の食堂でお昼する気だったし」

「今日はやめとくね」

精算を終えたお二人は、そう言い残してお店を後にされました。


……正直、思いっきりがっかりした私です。


お二人を出口までお見送りした後、私は握り飯弁当を見ながら考え込みました。

「……そうよね。この世界では、食べ物ですらないんだもの……このまま販売しても買ってもらえるわけがないわよね……」

しばらく考えた私は、握り飯弁当を一つ開け、握り飯を取り出します。

そして一つの握り飯を四~五個に分け、それを一つずつ握り直して小皿にのせていきました。

「よし、まずは試食してもらいましょう！」

バテアさんやクニャスさんがそうだったように、一口でも食べてくれたらこの美味しさをわかっていただけるはずです。私は試食用の小握り飯を見つめながら頷きました。

程なくして、次のお客様がお見えになりました。

今度は、小柄な男性です。

確か、昨日もお見えになった方ですね。

「いらっしゃいませ、ドルーさん。今日は何をお求めですか?」

私がドルーさんとお呼びしたその男性、なんでも、どわぁふ（?）という種族なのだそうです。すごいお髭を生やされていまして、筋骨隆々な御仁《ごじん》です。

「ほぉ?　もうワシの名を覚えてくれたのか?　いや、嬉しいの」

ドルーさんは嬉しそうに笑いながら私に話しかけてくださいました。

ドルーさんはお話好きな方らしく、昨日もお店にいる間中、いろいろと話しかけてくださいました。

今日も相変わらずなご様子で、私も笑顔でお聞きしておりました。

「……おっとすっかり話し込んでしまったわい。そろそろ用事を済ませんとな。今日は傷薬と、消毒液なんかが欲しいんじゃ」

「はい、すぐに準備いたしますね」

ドルーさんのご注文を受けまして、私はすぐに魔石の指輪を使って商品を探します。

今日も結構な数の商品を購入してくださるようです。

ご注文いただいた品を、私はレジで会計していきます。

私が勘定をしていると、ふとドルーさんの目が、握り飯弁当へと向けられました。

「なんじゃこれは？」

「あ、それは今日から販売を始めた握り飯弁当といいまして、私の国の食べ物なんです」

「食べ物？　このちっこいのがか？」

「それは試食用に小さくしているんです。よろしかったら召し上がってみてください」

「うむ……ちなみにこれはなんでできておるのじゃ？」

「あ、はい……。その……お米なんですけど」

「うむ？　……米というと家畜の餌の、あの米か？」

案の定、私の説明を聞いたドルーさんは眉を寄せました。

「あの、お試しですのでお代はいりません。よろしかったら一つだけでも召し上がってみてはいただけませんか？」

そんなドルーさんに、私は笑顔と一緒にお願いしてみました。

「うむ……まぁ無料ということであれば、一個食ってみるか」

そう言うとドルーさんは、小握り飯を一つ手にとって口に放り込まれました。

しばらくもぐもぐされていたドルーさんなのですが……少し様子がおかしいです。

先程までずっと喋りっぱなしだったドルーさんが、急に押し黙ってしまったのです。

無言で試食の握り飯をもぐもぐと噛みしめていたドルーさんなのですが……

「うむ！」

いきなり試食のお皿を手にとり、その上にのった残りの小握り飯を全部口の中に入れてしまいました。

「えぇ!?　あ、あの……」

私が困惑していると、ドルーさんはカウンターに並んでいる握り飯弁当の包みをすべて私の前へ移動させました。

「全部買うぞい！　こんなにうまいもん、初めて食ったわい！」

ドルーさんは嬉しそうに笑い声を上げました。

「あ、ありがとうございます」

私は思わず両手で口を押さえながら、深々と頭を下げました。

この世界で、初めて『居酒屋さわこさん』の商品が売れたのです。

こんなに嬉しいことはありません。

ドルーさんをお見送りした私は、嬉しさがこみあげて笑顔が止まりません。

「うん……この調子でがんばろう！」

私は両手をギュッと握りしめ、気合いを入れ直しました。

その後、店番の合間を縫って土鍋御飯を追加で炊き上げました。

それを握り飯弁当にして販売していくのですが……すぐにすべてがうまくいくわけではありません。

「なんだ、家畜の餌じゃないか……そんなものいらないよ」

皆様一言めは必ずそうおっしゃいます。

ですが、そんなお客様も試食を召し上がると態度が一変するのです。

「嘘!?　これがあの米なのか？　すごく美味しいじゃないか」

そんな風に感激してくださった方は、必ずお弁当を購入してくださいました。

結局、結構な数の握り飯弁当を準備したのですが、なんとかすべてを完売することができたのです。

◇◇◇

帰宅されたバテアさんに、私は興奮気味にご報告しました。

「握り飯弁当がとってもたくさん売れたんですよ！」

バテアさんも、笑顔で頷いてくださいます。

「でしょうねぇ、あれ、ホントに美味しかったもん。仕事がなかったらすぐにでも帰って、さわこにお代わりを作ってもらおうと思ったぐらいよ」

そう言いながらバテアさんは私の肩に腕を回されました。

「……というわけでさ、今夜の晩御飯に、握り飯、頼むわね」

にっこり微笑むバテアさんに、私も満面の笑みを返しました。

「はい、喜んで」

そんな会話を交わしながら、私達は二階へと上がりました。


ところが……

私、やってしまいました……

昼間に握り飯を作りまくったせいで、持参していたお米がほとんどなくなっていたのです……もう、頭の中が真っ白になってしまいました。

しかもお米どころか、食材もこの二日間でいつの間にかすっからかんになっています。

もちろん、バテアさんのお家にもお米はありません。当然です、この世界では家畜の餌扱いなのですから……

おまけに、食材の備蓄も切れていました。

仕方なく、唯一残っていた、私が漬けたお漬物でお酒をいただくことにしようと思います。

お漬物に合う日本酒となりますと、やはり濃厚な味わいのものがいいですね。

荷物の中から辛口で濃厚な日本酒を選《え》りすぐった私は、それを持ってリビングへと戻りました。

「バテアさん、実はお米も食材も切らしておりまして……。おかずが寂しくて申し訳ありません」

私がお詫びをすると、バテアさんは陽気に笑ってくださいました。

「あはは、こんな日もあるってことよ。でも、美味しいお酒さえあればアタシはご機嫌よ」

そんなバテアさんの優しいお言葉に、私も気持ちを持ち直しました。

「じゃ、今日もお疲れ～」

「はい、お疲れ様でした」

私とバテアさんはお酒の入ったグラスを重ねると、早速それを呑み干していきました。

今まで一人での晩酌ばかりでしたけれど、こうして二人で呑むお酒は本当にいいものですね。

◇◇◇

酔って服を脱いでしまうほどお酒を呑まない。

……そう心に誓ったのは、確か昨日のことだったかと思います。

朝、バテアさんのベッドで目覚めた私は、どうしてまた全裸なのでしょうか……

同じくらいお酒を呑んだバテアさんはネグリジェを着て寝ているというのに……

食事の後片付けはきちんと済ませていたようで、テーブルの上と台所は綺麗になっているのですが、ベッドの周囲には私の寝間着が散乱しております。


……こんなところを誰かに見られでもしたら、確実にお嫁のもらい手が……

ベッドから起き出し、衣類を身に着けながらそんなことを考えました。


お水を一杯飲んで落ち着いた私は、気を取り直して朝食の準備をと思ったのですが、そこで改めて荷物を隅々まで確認してみました。

やはり食材は何も残っていないようです。

そればかりかお酒ももう残りわずかです。

もともと『居酒屋酒話』の在庫と、自宅にあった残り物しか持ってきていなかったとはいえ、まさか二日でここまでなくなるとは思っておりませんでした。

……というわけで……朝食の準備ができません。

ちょうど今日はお店を臨時休業にして、元の世界へ買い出しにいく予定ではございましたが……

悩んでいると、バテアさんが目を覚まされてリビングにいらっしゃいましたので、私は思いきって提案いたしました。

「バテアさん、朝食は私の世界のお店で食べませんか？」

「……うん、それいいわね。どうせ向こうに行くわけだし、食材もないしちょうどいいかも」

バテアさんも同意してくださいました。


そんなわけで、私達は早速、元いた世界へ向かうことにいたしました。

バテアさんによりますと……

「アタシが異世界に転移した時はね、その世界の人達とあんまり接しないことにしてるのよ。他の世界に干渉しすぎちゃうと天界から異世界転移魔法を封印されかねないのよね」

とのことでした。

ファンタジー的な知識をほとんど持ち合わせていない私の頭では、いまいち理解できないのですが……そもそも天界ってなんなのでしょうか？　はてさて……

「……あれ？　でもバテアさんは、こうして私をここに連れてきてくださいましたけど、それはよかったのでしょうか？」

「は？　何言ってんのよ」

私の言葉に、バテアさんは苦笑されます。

「あんたは自分からアタシに接触してきたんじゃないの。アタシは致し方なくそれを受け入れた、という形ね」

「あ……あぁ、そっか……そうでしたね」

「そうよ、こういうのは例外的に認められるの。まぁ、やりすぎたら、やっぱり怒られるんだけどね」

実は昨日バテアさんがお会いしにいったというのが、その天界の御仁なのだそうです。私をこの世界で保護することの報告と、その許可を取り付けてくださったそうです。

「まぁ、あんたが向こうの世界で身寄りがなくて、アタシの世界を震撼《しんかん》させてしまうほどの能力も持ち合わせていないからってことで、割とすんなり許可をもらえたから安心していいわよ」

バテアさんはそう言って笑われます。

その言葉を聞いた私は、幼少の頃から料理が好きということ以外に、これといった特技を何一つとして持ち合わせていなかった平々凡々な自分に感謝しきりでした。

◇◇◇

リュックサックに、折りたたみ式カートなどを詰め込みまして、私の準備は万端です。

バテアさんは最初チューブトップのタンクトップを着用されたのですが、胸がかなり豊満なバテアさんですと相当目立ってしまいます。ですので、とりあえず私が持っていた無地の半袖シャツを着ていただきました。

それでも、デニムのハーフパンツ風のボトムから伸びているスラッとした御御足《おみあし》が大変にお美しゅうございます……

純日本人女性体型で、若干お腹周りのぷにぷにが気になり始めている私としましては、本当に羨ましい限りです、はい。

「じゃ、行きましょうか」

バテアさんはそう言うと、右手を前に出して何か唱え始めました。

確か詠唱というやつですね。

バテアさんの手元に魔法陣が展開し始め、やがて大きな扉が出現いたしました。

転移ドアというものです。

この扉を通ってあちこちに行き来されている姿はすでに何度も拝見していますので、これにはもう驚きません。

「ふぅ……さわこの世界に繋がったわ。さぁ、行きましょう」

バテアさんはそう言って扉を開きました。

◇◇◇

扉の向こうは……間違いありません、あの廃線になったバス停でした。

「この扉はね、扉を潜ってきた者か、転移魔法を使用できる者にしか見えないのよ」

「へぇ、そうなんですね」

よく見てみれば、転移ドアは水色の光を放っています。

試しに触ってみると、ちゃんと質感もありました。

「なんだか不思議な感じですねぇ……」

光で描かれた扉を撫で回しながら、私は思わずそんな言葉を口にしました。

「まぁ、転移魔法を使用できる魔法使い自体そういないし、案外貴重な体験かもね」

バテアさんは、驚く私を横で見ながら楽しそうに笑っておられました。


さて……そうして元の世界に戻ってきて早々に、私は困った事態に気付きました。

私とバテアさんが現れたのはバス停……そう、私が引っ越した先なのです。

ここは、私が生まれて初めてやってきた場所ですので、まったく土地勘がありません。

しかも、このバス停はすでに廃線……いくら待っていてもバスはやってまいりません。

困惑していると、バテアさんが怪訝そうに私の顔を覗き込んでこられました。

「なぁに？　ここじゃ仕入れができないのかしら？」

「あ、は、はい……このあたりは、私も先日初めて訪れた場所でしたので、どこにお店があるのかもわかりませんし……」

「ふ～ん……じゃあ、どこなら仕入れができるの？」

「そうですね……以前お店をやっていたあたりでしたら、近くに仕入れをしていたお店もありますし……」

そうは申しましても、その場所はここから電車で二時間はかかります。

駅に行くだけでも結構時間が……それに郵便局でお金も下ろさないと……

こういう場合、どうするのがいいのでしょう……

困惑しながら考えを巡らせる私。

「ちょっと失礼するわよ」

すると、バテアさんが突然私の前髪をかき上げました。

そして、そこにご自分のおでこをぴとっとくっつけてこられたのです。

ちょ、ちょっと……バテアさん？

バテアさんのお顔が、私の目の前に迫ります……

バテアさんって、普段あまりお化粧をされていないのですが、とても綺麗な肌をされていますし、顔立ちもキリッと美しいのです。

切れ長の目。その目の端から綺麗に伸びた睫毛《まつげ》。

鼻筋もスッと通っていて、唇も肉厚でとても艶《なま》めかしくて……顔を構成しているすべてのパーツが本当に素敵……と思わず感嘆してしまうほどです。

そんなバテアさんの端整なお顔が目の前にあるものですから、私はしばらく我を忘れて呆然と見惚れてしまいました。

程なくすると、バテアさんは私の額から離れました。

「ふぅん……だいたいわかったわ」

そう言ってバテアさんは、バス停の壁に向かって右手を伸ばしました。

何事か呟かれ始めたと同時に、壁に魔法陣が浮かび上がりまして、中に新しい転移ドアが現れました。

「多分ここだと思うけど……どう？」

バテアさんがそう言いながらドアを開けました。

すると……びっくりです。

ドアの向こうに、私が以前やっていたお店のビルが見えるではないですか。

「さわこの記憶をちょっとたどらせてもらったのよ。で、ここを見つけ出したんだけど……」

「は、はい！　ここで間違いありません！　ここなら仕入れができます」

私は両手を合わせて飛び上がらんばかりに喜びました。

「そう、じゃあ次回からはこっちに転移ドアの出口を作ればいいわね。一度アタシが記憶しておけば大丈夫だし」

「はい、よろしくお願いいたします！」

私は笑顔で頭を下げました。


……ん？


この時、私はあることに思い当たりました。

バテアさんは先程、『私の記憶をたどった』と言われていましたけど……一体どこまで覗かれたのでしょうか？

まさか……今までのお酒の失敗とか、学生時代の天然ボケな失敗とか、あんなこととかこんなこととか……

……考えれば考えるほど顔が真っ赤になっていきます。

ですが……恥ずかしすぎて、とてもバテアさんご本人に確認なんてできません。

混乱状態にある私の肩を、バテアさんがポンと叩きました。

「さわこ、お腹空いたわ。まずは御飯食べましょ」

「あ、は、はい、そ、そうですね」

私は気を取り直して、バテアさんとともにゆっくりと街に向かって歩き始めました。

『居酒屋酒話』をしていたビルの前で、私はふと不思議な感覚に捉われて足を止めました。

数日前まで、私はここにいたのです。

そして数週間前まで、目の前のビルでお店をやっていたのです。

お店があったビルの一階は……すでに『居酒屋酒話』の面影はなくなっていました。

壁が真っ赤に塗られ、何やらいかがわしい雰囲気の店舗になっています。

今はまだ午前中ですのでお店は閉まっているみたいですが……どうやらここも近隣に多くできている『がぁるずばぁ』（?）とかいうお店になったようでした。


でも……不思議と寂しいとは感じませんでした。

だって、私の新しいお店がこれから始まるんですもの。

それに私は、そのお店の仕入れのためにここまでやってきたのですからね。

感慨に浸っていた私を気遣ってくれたらしく、バテアさんは私の横にそっと寄り添ってくださいました。バテアさんは、本当にお優しい方です……

私は気合いを入れ直して両頬を軽く叩き、笑顔でバテアさんに向き直りました。

「お待たせしました！　ではまいりましょう！」

バテアさんも、そんな私を笑顔で見つめながら大きく頷いてくださいます。

「さわこ、とにかくまずは御飯よ、早く朝御飯を食べに行きましょう」

私の肩に腕を回すバテアさん。

「はい、まずは腹ごしらえですね」

私は笑って返すと、バテアさんに肩を抱かれたまま、通りを歩いていきました。

朝から開店している定食屋さんを朝食の場に決めた私は、近くの駅ビルの中にある一軒のお店へ向かいました。

バテアさんは周囲を物珍しそうにキョロキョロ眺めています。

「バテアさんは、別の世界へ行かれた際に、その世界を散策なさったりしないのですか？」

「えぇ、ほとんどしないわね。基本的に欲しい薬草の反応がある地点にしか行かないわ……しっかし、山と川しかないと思ってたこの世界にこんな場所があったのねぇ……」

ビル群を見上げて驚くバテアさんを見て、私は少し嬉しくなりました。

だって、この様子だと私がバテアさんに、私の世界のことをいろいろと教えて差し上げることができそうなんですもの。

定食屋に入った私達は、窓際の席に座り注文しました。

二階にあるこの店舗は、窓から駅前の通りを見下ろすことができます。

こちらの世界は、本日は平日です。

出勤や通学途中の皆さんが忙しく往来なさっています。

「結構たくさんの人がいるのねぇ」

バテアさんは、その人混みを珍しそうに見ていました。

程なくして、注文した品が運ばれてきました。

和食が好みの私は、銀鮭朝食セットです。

バテアさんも同じ物を注文されました。

「このお店は御飯のお代わりが自由なんですよ、あと、あそこに置いてあるお漬物も食べ放題です」

私の言葉を聞いたバテアさんは目を丸くしながら茶碗に盛られた御飯を見つめています。

「これ、あれでしょ？　さわこが作ってくれたあの御飯と同じものよね？　それが食べ放題って……しかも漬物って、昨日酒の肴にしたやつよね？　それまで無料で食べ放題なんて、ちょっとすごいわね……」

バテアさんは、そう言いながら早速御飯を口に運ばれました。


ですが……

食べながら、なぜか二、三度首を捻られております。

「バテアさん、どうかなさいました？」

「ん？　……あ、いや、確かに美味しいんだけどさ……」

そう言うと、バテアさんは私に視線を向けられます。

「さわこが作ってくれた御飯のほうが美味しかったもんだから、ちょっと物足りないっていうかさ……ほら、お焦げもないし……」

最上級の褒め言葉に私はにっこり微笑むと、バテアさんの耳元へ顔を寄せました。

「今日はお米を買いますので、帰ったらまたお作りいたしますね。あと、お店の方に申し訳ありませんので、そういうお話は小声でお願いできますか？」

私が笑顔でそう言うと、バテアさんも笑顔でＯＫサインを返してくださいました。


朝食を終えた私達は、すぐにお店を後にしました。

「鮭って魚は美味しかったわねぇ。あと、お味噌汁も具がたくさん入っていて面白かったわ。あ、でも、あのナットウ？　……あれはちょっといただけなかったわぁ……あれは苦手」

バテアさんの朝食のご感想を聞きながら、私はふんふんと頷いていました。

向こうの世界で長く暮らしているバテアさんの意見ですからね、今後の参考にさせていただこうと思っている次第です。

その足で、私は駅の裏通りを進んでいきました。

通りの一角に、ちょっとした倉庫のような建物があります。

かなり年季の入った建物ですが、中からは活気のある声が聞こえてきます。

「おや？　さわこちゃんじゃないか？」

入り口に向かうと、忙しそうに荷物の積み卸しをなさっていた高齢のおじさまが、私の顔を見るなり笑顔で駆け寄って来てくださいました。

この方、善治郎《ぜんじろう》さんというお名前です。

私が生まれる前からここの近くで八百屋を経営なさっている御仁で、私のお店は父の代からずっと善治郎さんから野菜や果物を仕入れていたのです。

ここは善治郎さんのお店の倉庫でして、善治郎さんから仕入れをする方々でいつも賑わっているのです。

「店を閉めたと聞いておったが、元気そうでなによりじゃ」

「その節はご心配をおかけいたしました。善治郎さんもお元気そうでなによりです」

私は善治郎さんと再会の喜びを分かち合うと、しばらく雑談を交わしました。

善治郎さんは、私が父を亡くして落ち込んでいた時も、私のことを実の孫娘のように心配してくださったお方です。

早くに祖父を亡くした私にとっては、実のお爺様のような存在なんです。

久しぶりの再会だったこともありまして、会話はとっても弾みました。

ひとしきり雑談をした後、私は本題を切り出しました。

「善治郎さん。またお野菜を売っていただきたいのですが」

「そりゃかまわんが……なんじゃやさわこちゃん、新しく店を出したのか？　水臭いのう、それならそうと、真っ先にワシに教えんかい」

「あ、いえ、まだ開店したわけではないんです……そ、その、正式に開店しましたら、改めてお声がけさせていただきますので」

私は苦笑しながら善治郎さんに説明しました。

新しいお店は、こちらの世界にはないのですが……はてさて、善治郎さんに今後どう言い訳をしたらいいのでしょうか……新しい宿題ができてしまいましたね。

善治郎さんとお話をしている間、バテアさんは私の少し後ろで待っていてくださいました……のですが……

「お姉さん、さわこちゃんの知り合いかかい？」

「いやぁべっぴんさんじゃやねぇ」

「それにすっごいスタイルもいいし」

「どうじゃ、そこらで茶でもしばかへんか？」

その抜群のスタイルと整った顔立ちのために、倉庫に居合わせた皆さんから声をかけられまくっていたのです。

ですが、どうもそれを鬱陶《うっとう》しいと思われたのか、バテアさんは終始顔をしかめていました。

それでも、皆さんはバテアさんから離れる気配がありません。

「あぁ、もう！　鬱陶しいわねぇ」

すると、ついに我慢が限界に達したらしいバテアさんが、ばっと右手を一振りされました。

その途端、不思議なことに、バテアさんの周囲に群がっていた皆さんがぞろぞろと退散していくではありませんか。

……あとでバテアさんに教えていただいたのですが、この時、バテアさんは気配遮断という魔法を使用されたのだそうです。

私以外の皆さんがバテアさんの気配を感じられないようにした、とか……魔法のことはよくわかりませんが、とにかく効き目はすごかったです。

気配遮断の魔法のおかげで、誰にも気にされなくなったバテアさんは、心置きなく倉庫の中の野菜を見て回られていました。

そんなひと騒動がありましたが、私は気を取り直して、購入した野菜の段ボールを、持参した折りたたみ式キャスターにのせていきます。

……とはいいましても、やはり折りたたみ式キャスターでは積載できる量が限られています。

以前お店をしていた際には、「では、これとこれとこれを、後でお店に配達してくださいな」で済んでいたものですから……迂闊《うかつ》でした。

「……これじゃあ、二、三日分にしか……それどころか、お店を始めたら一日ももたないかも……」

荷物を前に腕組みをしていると、バテアさんが近寄ってこられました。

「何？　さわこ、その荷物を持って帰るの？」

「あ、はい……ただ、これだけじゃあ全然足りない感じでして……もっと購入したいのですが、もう積めそうもないのでどうしたものかと……」

私は首を捻りながら説明します。

「なんだ、それなら」

バテアさんは、腰につけていた握りこぶし大ほどの布袋を手に取り、それを私の折りたたみ式キャスターへと向けました。

すると……荷物がキャスターごと消え去ってしまったのです。

「え……えぇ!?」

私はその光景を前に思わず飛び上がりそうになりました。

「これ、魔法袋っていうのよ。見た目はただの袋だけどね、中にちょっとしたお城の宝物庫くらいの量の品物を容れておけるのよ。しかも中は時間が停止しているから、収納した時の状態のまま保存されるの」

バテアさんの説明をお聞きし、しばし目を丸くしていた私ですが……我に返ると善治郎さんのもとへつかつかと向かいました。

「善治郎さん、今の倍……いいえ、五倍ほどの野菜を購入させてくださいな！」

……と、いうわけで。

バテアさんの魔法袋のおかげで、私は善治郎さんのお店で大量に野菜を買い付けることができました。

善治郎さんは、私があまりにも大量に買い込んでいくものですから、びっくりなさっておいででした。

「さわこちゃん、さ、さすがにその量は持って帰れまい。よし、あとでワシが持っていってやろう」

そう言ってくださった善治郎さんなのですが……不思議なことにその荷物をバテアさんが魔法袋に詰めた途端に、呆けたように目を開かれております。

「……ありゃ？　わしゃ、なんかしておったかの？」

まるでそこに荷物がなかったかのような言動です。

もちろん代金はお支払いしたのですが……一体どういうことなのでしょうか……

そのことを不思議に思って聞いてみたところ、バテアさんは苦笑なさいました。

「あぁ、あれね。アタシが気配遮断の魔法を展開しているからさ、アタシが手にしている袋や品物にもその影響が及ぶのよ」

「はぁ……よくわかりませんが、便利なんですねぇ、その気配遮断の魔法？　というのは」

「そういうこと……購入前の品物をアタシが手に取れば、代金を支払わなくて済むわよ。次の店でやってみる？」

悪戯っぽく笑うバテアさん。

「絶対いけません！　そ、そんなことをなさったら、私、御飯作りませんからね！」

私はついあたふたとお返事してしまいました。

「あはは、わかってるわよ。さわこならきっとそう言うと思ったわ。大丈夫、そんなことしないわよ」

バテアさんは私の首に腕を回しながらクスクス笑っておられました。

善治郎さんの倉庫からしばらく歩き、道沿いにあるスーパーへ入りました。

ここは業務用の商品を専門に扱っているお店です。

簡易包装された食材や冷凍食品、飲料水などがお値打ち価格でまとめ売りされています。

このお店って、日本酒の品揃えもとても充実しているんです。

それもあって、私はこのお店をとっても贔屓《ひいき》にしていました。

ここでは、バテアさんにも買い物のお手伝いをしていただきたかったものですから、気配遮断の魔法を解除してもらいました。

「ではまいりましょう」

「えぇ、わかったわ」

二人でショッピングカートを押しながら、店内へと入っていきます。

まず購入するのはお米です。

向こうの世界にもお米は存在しているようですが、そもそも家畜の餌として流通している品物なわけですし、品質の悪いことが想定されます。それに私的にも慣れ親しんでいる品種のお米を使いたいな、と思ったわけです。

このお店では、最大五十キロまで、十キロ刻みでお米が売られています。

私は思い切って五十キロの袋を二つ購入しました。

「ふ、ふ、ふぬ～……」

ですが、五十キロが二つとなると、全身の力を振り絞ってもびくともしません。

「さ、さすがにこれは重すぎました……」

私は苦笑しながらバテアさんを振り返りました。

「これを持ち上げてカートにのっければいいのね」

バテアさんはそう言って右手の人差し指をついっと一振りされました。

すると、私の目の前の米袋が魔法陣（？）みたいな光に包まれてふわっと浮かび上がり、そのままショッピングカートに、ドンっとのっかりました。

これって、あれですね……私がバテアさんと初めて出会ったバス停で、私の引っ越しの荷物をバテアさんが移動させた魔法に間違いありません。

「バ、バテアさん……大変助かりました。ありがとうございます……ですが、なるべく目立たない感じでお願いしたいのですが……」

「そうね、わかったわ」

周囲の反応を気にしながら小声で囁いた私に、バテアさんはクスクス笑いながら頷いてくださいました。


お米があまりにも重すぎたので、私達はここで一度会計を済ませました。

国産のブランド米ですが、五十キロ袋で購入すると十キロあたり二千五百円となり、かなりお買い得です。

一度店を出た私達は、ショッピングカートを押して店の裏にある駐車場に向かい、その途中でバテアさんに気配遮断の魔法を再度使用していただきました。

その状態で魔法袋にお米を詰め込んでいきます。

これで、周囲の皆様にも怪しまれなかったはずです……きっと。


その後、店内に戻り、買い物を再開しました。

何もかもが珍しくて仕方がないバテアさんは、しきりに店内を見回しています。

「さわこ、あれは何？」

「あ、はい、あれはですね……」

「さわこ、これはなんなの？」

「あ、こっちのそれは……」

まるで子供のように目を輝かせながら、興味を持った品物を手にとっては私の元へと駆け寄ってこられるバテアさんに、私はひとつひとつ丁寧に説明していきます。

バテアさんは、私の説明を興味深そうに聞いていました。

そんなやりとりをしながら、私達は品物をどんどんショッピングカートにのせていきました。

野菜の詰め合わせ。

飲み物の詰め合わせ。

調味料のお徳用セット。

レトルト食品も少々。

そして……忘れてはいけないのが……そう、お酒です！

このお店は、全売り場の半分がお酒のコーナーになっています。

しかも品揃えが豊富で、海外のウィスキーやワイン、日本酒も相当数扱っています。

日本全国津々浦々、本来であればご当地でしか購入できない希少な地酒もお値打ち価格。

私は目を輝かせながら、お酒コーナーへ突入いたしました。

「さわこ、これが全部お酒なの!?」

「はい、そうですよ」

「しかも、全部種類が違うんだよね？　瓶に貼られている紙の模様が違うやつは」

「はい、そうです。それぞれ味が違います」

私の説明を聞きながら、バテアさんは目を丸くしながら瓶を手に取っています。

何しろバテアさんの世界には、あの微妙な味のお酒しか流通していないそうですから、余計に珍しいのだと思います。

他にもお酒はあるにはあるみたいですが……一般には出回っていないのだそうです。

バテアさんは、日本酒の瓶を嬉しそうに見て回っていました。

残念ながら試飲コーナーがないため味がわかりません。そこでバテアさんが取った行動はといいますと……

「さわこ！　この絵が気に入ったわ」

「さわこ！　この瓶のお酒美味しそう！」

という感じで、ラベルや瓶でお酒をどんどん選び始めたのです。

その量があまりにも多く、途中でストップをかけようかとも思ったのですが、子供のように顔を輝かせるバテアさんをお止めするのはどうにも憚《はばか》られたといいますか……結局私は、バテアさんが

持ってきたお酒をすべてカートにのせていきました。

ただですね……

「さわこ、これも……」

「バテアさん……申し訳ありません、それだけはご勘弁いただきたいです」

「そうなの？　なんか綺麗な箱に入っててかっこいいのに……」

名残惜しそうなバテアさんを見て、私はショッピングカートの酒瓶を一つ手に取りました。

「バテアさん……それ一本で、この美味しい日本酒が六十本は買えるんです」

私はそう言ってゴクリと唾を呑み込みました。

その言葉ですべてを察してくださったバテアさん。

「オーケー、私が悪かったわ、そっちのお酒にしましょう、うん。そっちがいいわ」

そしてそっと、箱入りのお酒を棚に戻してくださいました。

ちなみに、バテアさんが持ってきたのは、洋酒の中でも超高級な年代物のお酒でした。

この界隈には夜のお店が多数進出してきていますので、その手のお店で扱われると聞いたことがあります。

その後、私とバテアさんは再びレジで会計を済ませ、先程と同様に一旦外へ出て魔法袋に詰めてからまた入店しました。

結局、このお店では、その作業を都合四回繰り返しました。

かなり疲れましたが、おかげで目当ての品はほぼすべて仕入れることができました。

更に鮮魚を安く販売しているお店にも立ち寄り、鮭やホッケなども購入しました。

バテアさんの魔法袋に容れておけば、いつまでも鮮度を保てるというのですから、本当にありがたいことです。

「さわこ、これでおしまい？」

「はい、そうですね……とりあえず今日はこれぐらいで大丈夫です」

すべて回り終えたことを確認し、私はバテアさんに頷きました。

気付けば、すでにお日様が傾き始めています。

「どうしましょう。もう夕方になりますが、どこかで何か食べて帰りますか？」

私がお尋ねすると、バテアさんは少し考えた後に首を横に振りました。

「いいえ、いいわ。このまま帰りましょう。早くさわこが作ってくれた御飯が食べたいわ」

バテアさんの提案に、私はにっこり微笑みました。

「わかりました。では、家に戻り次第、腕によりをかけてお作りいたしますね」

こうして私達は、『居酒屋酒話』があったビルの前に戻り、転移ドアを潜ってバテアさんの世界へ戻ってきたのでした。

三杯目　さぁ、『居酒屋さわこさん』の開店です

無事、世界を越えてバテアさんの家に戻ってきた私達。

ほっと息をつく暇もなく、何やら外で音がしていることに気付きました。

ドンドンドン！

「あら？」

どうやら魔法雑貨店のドアを誰かが叩いているようです。

バテアさんに続いて一階へと降りていきますと……

「だから、私が先だって言ってるでしょ！」

「いぃや、ワシが先じゃ！」

ドアを叩く音とともに、言い争う声が聞こえてきます。

「何よ何よ、人の店の前で何をやってるの？」

バテアさんが不機嫌そうな表情でお店のドアを開けると……そこには、私もよく知っているお二人が立っていました。

一人は冒険者のクニャスさん、もう一人はドワーフのドルーさんです。

「ちょっとあんた達、今日は休業って張り紙しておいたでしょう？」

「じゃから、こうして夕方になって出直してきたんじゃないか。お主らが戻ってきておると思っての」

ドルーさんがそうおっしゃると、クニャスさんもうんうんと頷きます。

「そうよ、一応気は遣ったんだからね」

「は？　何を偉そうに言ってるのよ、ちょっと意味がわかんないわよ、あんた達」

不機嫌さを露わにするバテアさん。

ですが、お二人はそんなバテアさんに構いもせず、後ろにいた私と目が合うときら～んと瞳を輝かせたのです……

「いた！　さわこじゃ！」

「さわこ！　会いたかったよぉ！」

「は、はい!?」

お二人は私に向かって手を伸ばしながら、店内に入ってこようとされます。

しかしバテアさんが即座に魔法の壁（？）を発動し、それを食い止めました。

「ちょっとあんた達、うちのさわこになんの用なの？」

腰に手を当てながら、バテアさんはお二人に向かって右手の人差し指をびしっと突きつけます。

するとお二人は、魔法の壁にすがるように懇願を始めました。

「さわこに、あの握り飯弁当を作ってほしいんじゃ！」

「それとあのお酒！　あれももう一回呑ませてほしいのよぉ！」

「な、何⁉　貴様、酒まで呑んだのか⁉」

「あんた達ドワーフに、さわこのお酒はもったいないわよ！　酔えればいいだけなんだから、いつもの中流酒場のエールで十分でしょ」

「酔えれば十分なのはその通りじゃが、どうせ酔うなら美味い酒で酔っ払いたいではないか！」

また言い争いを始めてしまったお二人……

「……つまり、お二人とも、私の作った握り飯弁当を食べに来てくださったということなのですか？」

「そうなの！　あとお酒も！」

「そうなのじゃ！　あとワシも酒じゃ！」

私の言葉に、お二人は揃ってお返事してくださいました。

◇◇◇

……そんなわけで。

私は今、これから『居酒屋さわこさん』として営業していく予定のスペースでお米を炊いております。

バテアさんがありったけの魔石コンロを持ってきてくださいましたので、早速それを使わせていただいているのですが……こんなことなら大きな土鍋も幾つか購入してくるべきでしたねと今更思っていたりします。

お米が炊き上がるまで少々時間がかかるのですが、カウンターに座っているバテアさん、クニャスさん、ドルーさんのお三方はもう我慢できないといった表情でソワソワしっぱなしです。

「そうですね……何か繋ぎで食べられるものでもお作りいたしましょう」

私は腰につけた魔法袋を左手でそっと触りました。

これ、バテアさんからお借りしたもので、今日仕入れた品々が詰まっております。

バテアさんに教えていただいたようにそれを触ってみたところ、私の目の前に巨大なウィンドウが現れました。半透明の大きなスクリーンです。

そこに、今日買い物した商品の名前がずらっと並んで表示されています。

「はぁ……冷蔵庫の中を見回さなくてもいいのですね……これは便利です」

私は感動しながらそのウィンドウを眺めました。

「バテアさん、魔法袋から商品を取り出す際には、このウィンドウの名前に触れればよろしかったのでしたっけ？」

「えぇ、そうよ。複数欲しい品物は、数字を指定すればその数だけ出てくるわ」

バテアさんの言葉を受け、私は目の前のウィンドウをタッチしていきます。

個数も入力して……と。

すると、目の前のカウンターに選択した品物が次々と出現しました。

取り出したのは、茄子とピーマンと白ねぎ、それにしらすと挽き肉と幾つかの調味料です。

私はさっそく野菜を水洗いして、包丁で切り分けていきます。

ちなみに、包丁は父が愛用していたものです。お店が私の代になってからも、お守り代わりとして使っていました。

フライパンを魔石コンロにかけてごま油をひき、切り分けた茄子を炒めていきます。

茄子に油が絡まって全体的にしんなりし始めたところで、切り分けたピーマンを加えて更に炒めます。

ちょうど隣の魔石コンロで火にかけていた油鍋が十分な温度になりましたので、炒め物をしながらしらすをさっと揚げます。

次に、先程切り分けた茄子の残りも同じ油で揚げます。

二つの鍋の間を忙しなく行き来しながら、料理を仕上げていきます。

「な、なんかさわこが二、三人おるようじゃの」

「ホント……すっごく手際がいいというか……」

カウンター席のドルーさんとクニャスさんが感心した声を上げています。

「ありがとうございます」

その声に笑顔で返事をしながらも、私は手を止めません。

フライパンに挽き肉を入れて更に炒めつつ、油鍋から揚がった茄子を上げ、よく油を切ったら、茄子・白ねぎ・しらすの順でお皿に盛り付け、そこに酢醤油をかけます。

これで一品目の揚げ茄子としらすの酢醤油がけの完成です。

フライパンのほうは、挽き肉に火が通ったところで、調理酒・はちみつ・塩を全体に加えていき、水分がなくなるまで炒め続けます。

これで二品目の茄子とピーマンと挽き肉の炒め物も完成です。

「はい、お待たせしました。土鍋の御飯が炊けるまでの間、これを召し上がっていてくださいな」

私はそう言いながら、三人の前に料理のお皿を置きました。

揚げ茄子としらすの酢醤油がけは一人一皿。

茄子とピーマンと挽き肉の炒め物は大皿にどさっと盛りつけました。こちらはご自由によそっていただこうと思います。

「おほ⁉　なんとまぁ、握り飯だけじゃなくてこんな料理も作れるのか、さわこは！」

ドルーさんはびっくりした表情を浮かべながら、炒め物をご自分の取り皿にごそっとよそっていかれます。……ああ、一気に半分近く持っていかれましたね。

「あ、ずるい！　そりゃ取りすぎだってば！」

クニャスさんはすかさず、ドルーさんの取り皿から炒め物を強奪していきます。

「馬鹿者！　一度取ったものを取るでない！」

「あんたが非常識だからでしょ？　このぉ」

互いに顔をつきあわせながら言い合いをされているお二人をよそに、バテアさんは悠々と炒め物の残り全部をご自分のお皿によそっていらっしゃるのですが……お二人はまだそのことに気付いていないようです。

……これは、すぐにお代わりの準備をしたほうがよさそうですね。


それはさておき、お酒です。

料理と一緒に呑んでいただくお酒をご用意しませんと。

私が魔法袋から取り出したのは、お米の旨みで後味がすっきりしている純米酒でした。

少し油っぽい料理ですので、こういったお酒が合うはずです。

カウンターを抜け、三人の後方へ回った私は、「ささ、おひとつどうぞ」と二人にお酌して回りました。

「ほう……これがクニャスの言っておったニホンシュというやつか……。確かに、酒場のエールとは見た目も香りも全然違うのう」

グラスのお酒をマジマジと見つめていたドルーさんは、おもむろにそれをぐいっと呷《あお》りました。

すると、いきなり立ち上がられたのです。

「美味いー！　なんじゃこりゃ、美味すぎるわい！　これに比べたら、酒場の酒なんぞ馬のしょうべ……もがががが」

「ドルー……美味しい料理を食べて美味しいお酒を呑んでるんだから、その例えはやめて……」

絶叫されていたドルーさんの口を、バテアさんが瞬時に両手で塞いでしまいます。

確かに、あの例えは口を押さえられても仕方ないかと……

しかしバテアさんに口を塞がれながらも、ドルーさんは私に向かってお代わりとばかりに、空になったグラスを差し出してこられました。

すると、再びクニャスさんが叫びます。

「ちょっと待ちなさいよ、今あたしがさわこに注《つ》いでもらってるんだからね！」

「もがが……ぷはぁ、うるさい！　お前は前にもしこたま呑んだんじゃろうが！　今日はワシに呑ませんかい！」

クニャスさんとドルーさんは、またしても顔をつきあわせながら言い合いを始めてしまいました。

「やれやれ……ホント困った二人ねぇ」

二人を見ながら肩を竦めるバテアさんは、同時にドルーさんの揚げ茄子としらすの酢醤油がけの皿をそーっと手繰《たぐ》り寄せています。

私と目が合ったバテアさんは、悪戯っぽく笑いながら口元に人差し指を立てました。

私はそれを見て思わず苦笑いしてしまいました。

どうやら、こちらもお代わりの準備をしておいたほうがよさそうですね。


結局、一皿目はすぐになくなってしまったので、私は御飯が炊けるまでの間、追加のおかずを作り続けました。

……ちなみに、ドルーさんの一皿目はすべてバテアさんが食べたのですが、ドルーさんはそのことにまったく気が付いていませんでした。

なんだかんだと三回ほどお代わりを作りましたが、その都度お皿はすぐに空っぽに。

お酒も、最初は私がお酌していたのですが……

「え～い、まどろっこしぃわい。さわこ、その瓶ごとよこさんかい！」

「えぇ!?」

ドルーさんが私の手から酒瓶を取り上げ、手酌でグイグイ呑み始めてしまいました。

「あ、こら！　何一人で独占してんのよ！　さわこ、あたしにもあれ！　ニホンシュを瓶ごとちょうだい！」

「え、えぇ!?」

すかさずクニャスさんも便乗されました。

お二人がまるで競い合うようにして呑まれるものですから、酒瓶がすごい勢いで空いていきます。

そして気付いた時には、お二人で互いに肩を組みながら楽しそうに歌を歌っておられました……

「どわはははは。いい酒じゃ！　料理も美味い」

「さわこぉ、いいよぉ、あんたの料理も、あんたのお酒も最高だわ」

「うむ、ではさわこに」

「うん、さわこに」

「「かんぱ～い！」」

そんな感じで一升瓶をぶつけ合い、一気にラッパ呑みしていくお二人。

「お二人とも！　日本酒って口当たりはいいのですが、そんなに一気に呑まれるのは危険ですよ」

私は慌ててお止めしたのですが、お二人にはまったく響かず……

「大丈夫じゃ！　ワシらドワーフはこれぐらいなんともないわい！」

「あたしだって！　伊達に冒険者やってないわよぉ！」

ドルーさんはともかく、クニャスさんがお酒に弱いのは十分わかっているのですが……

ただ、ここまで来てしまうと私がいくら必死になって止めても……たぶん徒労に終わってしまい

猫乃手
紅葉

そうですね……


さて、ここでようやく土鍋御飯が炊き上がりました。

私は、土鍋を空けて中身をかき混ぜると、早速それを握り飯にしていきました。

氷を入れた塩水に両手を浸し、炊きたての御飯を手に取って握ります。

大変熱いですから、手際よくやらないといけません。

今回は焼き海苔もありますので、魔石コンロの火でそれを軽く炙ってから、握り飯に巻きいていきます。

とにかく手際よく、雑にならないよう心がけながら、どんどん握り飯を皿に盛り付けていきました。

「はい、お待たせしました！　握り飯できまし……た……」

私は笑みを浮かべ、握り飯がいっぱいのったお皿を差し出しました。

……ですが、そんな私の目の前で、ドルーさんは椅子の背にもたれかかり、早くも高いびきをかいていています。

その横では、カウンターにつっぷして安らかな寝息を立てているクニャスさん。

お二人とも、空っぽになった一升瓶を抱きかかえておいででした。

「あらら……間に合いませんでしたか……」

お二人を交互に見ながら苦笑いしていると、バテアさんがひょいと私が持っていたお皿を受け取ってくださいました。

「ま、自業自得なんだし、こいつらのことはほっとけばいいわ」

呆れたように言うと、バテアさんは山盛りの握り飯を食べ始めます。

「うん！　この黒くてパリッとしたやつ、お米と合うのね。更に美味しくなってるわ」

「はい、それでワンセットといった感じですね」

嬉しそうな笑顔で握り飯を口いっぱいに頬張るバテアさんの姿に、私も思わず笑みが零れました。

「……あら？　これにはなんでノリが巻かれてないの？」

「あ、はい。それはお焦げを多めに集めて握っておりますので、その味を楽しんでいただこうと思いまして」

「へぇ、そうなんだ」

私の答えに頷くと、バテアさんは少し茶色になった握り飯を口に運ばれました。

「うん！　確かに！　お焦げの握り飯はこれだけで味わったほうが美味しいわね！　っていうか、これホント美味しいわ！」

バテアさんは何度も頷きながら、お焦げの握り飯を噛みしめています。

そしてあっという間に食べ終わると、私の手元をじっと見つめてきました。

「ちょっとさわこ、そこにもお焦げの握り飯があるじゃないの、寄越しなさい」

あぁ……握り飯に夢中だったバテアさんの目を盗んで、先程こっそり取り分けたのに……見つかってしまいました。

「え？　あの、これはドルーさんとクニャスさんが目を覚まされたら食べていただこうと思って……」

「さわこの忠告を無視して、呑みすぎて寝落ちしたやつらなんかに気を遣わなくていいから、とっととお寄越し！」

「だ、駄目ですってばぁ」

お焦げの握り飯がのったお皿を遠ざける私。

そのお皿に手を伸ばすバテアさん。

私達は笑いながらそんな攻防を繰り広げていました。


結局、バテアさんはなんと、最終手段といって魔法を使ってお焦げの握り飯を私から奪いとったのです！

「バテアさんってば！　魔法は反則です！」

「美味しい物のためなら許されるのよ、知らなかったかしら？」

「もう！　バテアさんったら……」

お焦げの握り飯はすべてバテアさんに食べられてしまいましたが、それ以外の握り飯と茄子のおかずはラップをして魔法袋へ入れておきました。

これでドルーさんとクニャスさんがいつ目を覚まされても、出来立てを食べていただけます。

本格的にお店を始めたら、こうして事前にたくさん作って魔法袋に入れておけば、いつでも作り立てを味わっていただけますね。

これは仕込みの手間も省けて画期的です。

ぜひ実行してみたいと思います！

◇◇◇

ドルーさんとクニャスさんはすっかり眠ってしまわれましたし、バテアさんもお腹いっぱいになりましたので、晩御飯はここで終了になりました。

調理場の後片付けを終えると、カウンターのバテアさんの隣へ移動しました。

バテアさんはまだお酒を呑まれています。

「じゃあ、私もいただきますね」

椅子に座った私に、バテアさんがグラスと一升瓶を差し出してくださいました。

「お疲れさま。先にいただいちゃってごめんね」

「ありがとうございます。いえ、お店をしていた頃は、これが普通でしたから」

私はバテアさんに注いでいただいたお酒を口に運びました。

果実のような芳醇な香りがふわっと広がり、一気に喉の奥へと滑り落ちていく感覚……

「……ふぅ……美味し」

私は、大きく息を吐いて笑みを浮かべました。

この一瞬のために生きている……まさにそれを実感する瞬間です。

「ほら、食べ物も残してあるわよ、食べて食べて」

バテアさんはそう言いながら、茄子のおかずを私にも取り分けてくださいました。

大食いのドルーさんに全部食べられてしまわないように、さりげなく隠してくださっていたみたいですね、バテアさんってば。お焦げの握り飯はあんなに独占しようとしてたのに。

実は自分の分もちゃっかり魔法袋に保管しておいたのですが、それはまたの機会に食べることにしましょう。

「はい、ありがとうございます」

私はバテアさんにお礼を言っておかずに箸を伸ばします。

「……しかし、さわこの世界、楽しかったわね。そういえば、あの建物ってさ……」

「あぁ、あれはですね……」

そうして私とバテアさんは、今日私の世界であったことをお話しながらお酒を酌み交わし、楽しい時間を過ごしたのでした。

◇◇◇

翌朝……

目を覚ますと、私は二階のベッドの中にいました。

私は昨日、バテアさんと一緒にお酒を呑みながら、心の中で誓っていたのです。

今日は絶対に服を脱いじゃうまで飲まない、と。

なのに……なんで目覚めた私は、また裸なのでしょうか……

私の横では、ちゃんとネグリジェを着たバテアさんが寝息を立てています。

「……じ、次回こそは、絶対に服を脱がないで……」

改めて心に誓った私なのですが……

「おーい、バテアぁ、さわこぉ、どこじゃ？」

いきなりドルーさんの声が聞こえ、どかどかと階段を上がってくる音が聞こえます。

私は大慌てでベッドから飛び起きました。

「はいはいはい！　ここです、ここにいます！　いますから、上がって来ちゃだめです！」

大声でそう返すと、床に転がっている衣類を急いで身に着けていきました。

ど、どうにかドルーさんが二階に上がってくるまでに服を着ることができました。

私はスケスケのネグリジェ姿で眠り続けているバテアさんに気付かれないよう、ドルーさんを押し戻しながら一階へ移動します。

◇◇◇

ちょうどクニャスさんも目を覚ましたところでしたので、二人に朝御飯を食べていただくことにいたしました。

お二人用にとっておいた握り飯と茄子のおかずの残り物を魔法袋から取り出すと、それをカウンターに並べていきます。

「うわぁ、まだあったかいじゃん！」

「おほ！　握り飯じゃ握り飯じゃ！」

お二人とも満面の笑みで握り飯を頬張られています。

その間に、私はお味噌汁を作ることにいたしました。

痛飲された翌日ですからね、定番のしじみのお味噌汁にしましょう。

魔石コンロにかけたお鍋にしじみを入れ、合わせ味噌を溶いて味を調えていきます。

……うん、しじみのいい味が出ていますね。

味見をした私は、箸でしじみを殻から外していきます。

小ぶりで数が多いので大変ですが、食べていただく方の手間を省くために欠かせない作業です。

しじみはあくまでも出汁をとるためだけという方もいますが、私はできればこの身も美味しく召し上がっていただきたいのです。

殻をすべて取り終えたら、お味噌汁をお椀によそいます。

香りに反応したクニャスさんとドルーさんが、握り飯を食べる手を止めて、私の手元を覗いてこられました。

「はい、しじみのお味噌汁ですよ」

「ミソシル？　なんじゃそりゃ？」

お味噌汁初体験のドルーさんは不思議そうな顔をされていますが、お椀から立ち上ってくる匂いにつられて、すぐに一口啜られました。

「んん⁉　こ、これはうまいな、いや、マジで美味いぞ、おい！」

そう言うや否や、ドルーさんはお味噌汁を一気に飲み干されます。

「さわこ、お代わりじゃ！」

私に向かってお椀を差し出してくるドルーさん。

「あ、ず、ずるい！　あ、あたしも……」

クニャスさんもドルーさんに負けじと慌ててお味噌を飲み干していかれます。

こんなこともあろうかと、一気に飲んでくださっても大丈夫なように、適温にしておいたのです。正解でしたね。お二人とも火傷などはなさっていないようです。

結局、お二人は昨日の残りとお味噌汁をすべて平らげ、満足そうに帰っていかれました。

お二人を見送った私は、バテアさんと私の朝御飯を作るために再び厨房へ戻りました。

ドルーさんとクニャスさんが私の料理をすごく喜んでくださったことは、私にとって本当に嬉しいことでした。

「よ～し、がんばるぞ！」

私は小さくガッツポーズをしながら、食事の準備にかかりました。

◇◇◇

昨日仕入れにいったおかげで、お店を開くのに十分な食材とお酒が準備できました。

ですから今日は、開店に向けてお店の中を改装することにいたしました。

『居酒屋さわこさん』のスペースとして使用させていただくのは、バテアさんのお店の奥にある喫茶スペースだった部分のみ。

ここを使い勝手のよいように改装しようと思います。

「本当に手伝わなくていいの？」

朝御飯を食べ終えたバテアさんはそう言ってくださいましたが、今日はバテアさんも薬草採取に行かなくてはならない日です。

なんでも大口の注文が入ったとかで、どうしても材料を入手しないといけないそうなんです。

「はい、それぐらい店番をしながらでもできますので、お任せくださいな」

私はそう言ってバテアさんをお見送りいたしました。

「さて、私もがんばらないと」

着物に着替えると、いつものようにお店のドアに開店札をかけました。

接客をしながら、その合間に喫茶スペースの改装を行うことにしましょう。

まず壁の棚に日本酒の瓶を、厨房には魔石コンロを綺麗に並べていきます。

カウンターの上には、煮物などをどさっと入れるための大皿を並べました。

その合間に、土鍋で御飯を炊いていきます。

今日も炊きたての御飯で作った握り飯弁当を販売するつもりです。

『居酒屋さわこさん』の宣伝にもなりますしね。

バテアさんの魔法雑貨店のほうも、相変わらず多くのお客様がいらっしゃるので、私も改装にかかりっきりになることはできません。

ですが、少ない合間を利用して改装作業を続けていきました。

お昼が近くなった頃合いを見て、私は炊き上がったお米を握り飯にしました。

でき上がった握り飯を二個一組にして、笹の葉風の包装でくるんでレジ横に並べます。

「おや、良い匂いだね」

魔法薬を購入なさったお客様の何人かが、その匂いにつられて、握り飯弁当を購入してくださるようになりました。

先日はドルーさんが全部購入してしまわれたので、こうして複数のお客様に購入していただくのは初めてです。

「はい、私の国の料理なんです。よろしかったらお一ついかがですか？」

私は満面の笑みで他の皆様にもお勧めしていきました。

私の笑顔にどの程度の効果があったかは未知数ですが、この日準備した握り飯弁当は、お昼すぎに完売いたしました。

魔石を購入なさったついでに、最後の握り飯を購入してくださった冒険者の方をお店の外までお見送りし……

「またのお越しをお待ちしております」

私はいつものように、お辞儀をしました。

なんでしょう……すごい達成感があります。

「よし、この調子でがんばるぞ！」

私は両手の拳をギュッと握りしめ、気合いを入れ直しました。

◇◇◇

魔法雑貨店の営業時間が終わると、私はお店の掃除をしてから喫茶スペースに籠もりました。

テーブルを移動し、その上にランチョンマットをかけます。

藍染め風のちょっとお洒落なものです……百均で買ったんですけどね。

竹の花瓶を置いたり、お箸を準備したり……

「あ、いけないいけない……」

そうでした……この世界にはお箸がないのでした。

皆さん、フォークとナイフ、それにスプーンで食事をなさるんですよね。

私は百均で多めに購入したフォークを厨房の一角に並べました。

お料理と一緒にお出ししようと思っています。

まだまだやりたいことはいっぱいありますが……とりあえず、今日はこんなところでしょうか。

私は改めて店内を見回しました。

テーブルが二つ、それぞれ四人ずつ座れます。

カウンターには最大で五人。

全部で十三人のお客様が入れますね。

カウンターの上には、煮物などを入れるための大皿。

今は何も入っていないので、布巾を掛けています。

厨房には、魔石コンロとまな板。

まな板の前には包丁置きを用意し、父の形見の包丁をそこに並べました。

これが、私の新しいお店『居酒屋さわこさん』です。


店内を見回していたら、バテアさんが戻ってこられました。

「すごいわね、さわこ、一日でここまでやっちゃうなんて」

バテアさんは感心した声を上げながら、私の肩を叩いてくださいました。

「……はい、がんばりました……」

バテアさんにそう返した刹那、私の胸にいろいろな思いがこみ上げてきました。

「……私、ここでまた、お店ができるんですね……」

あの日……

お店を畳むことを決めた、あの日の罪悪感と焦燥感……

最後の営業を終えて電気を消した時の、ぽっかりと胸に穴が空いたような寂寥感……

「あ……あれ？」

私は自分の目から、涙が溢れていることに気付きました。

涙は、止めどなく溢れてきます。

……いけません。

新たな門出なのに、涙なんて縁起でもありません。

私は、頬を叩いて必死に涙を止めようとしました。

すると、そんな私をバテアさんがそっと抱き寄せてくださいました。

「いいのよ、さわこ。泣きたい時は泣いときなさい。そのほうがすっきりするから」

そう言って、私の頭を優しく撫でてくれるバテアさん。

その胸の中で、私はしばらく涙を止めることができませんでした。


「これから、よろしくお願いします」

ようやく涙が止まった私は目元を拭うと、まずは店内に向かって頭を下げました。

そして、くるりとバテアさんに向き直り、今一度、深く深く頭を下げました。

「これからも、よろしくお願いします、バテアさん」

バテアさんはにっこりと笑ってくださいました。

「こちらこそよろしくね、さわこ」

◇◇◇

バテアさんのお店には出入り口が二つございます。

一つは魔法雑貨店の、もう一つは元喫茶コーナーの出入り口です。

魔法雑貨店が閉店した後は、元喫茶コーナーのほうの出入り口の鍵を開ければ、『居酒屋さわこさん』に直接入れるようになるわけです。

私は、『居酒屋さわこさん』と雑貨店のスペースの間に、屏風《びょうぶ》を置きました。

以前居酒屋をやっていた際に、座敷を仕切るのに使用していたものでございます。

緩やかに流れる川の中に木の葉が舞っている絵が描かれておりまして、とても気に入っています。

「へぇ、さわこの世界には面白いものがあるのねぇ」

蛇腹《じゃばら》状に折りたためるその屏風を、バテアさんは興味深そうに見ていました。

そんなバテアさんを厨房から眺めながら、私はお店でお出しするお惣菜の仕込みを始めました。

私の味がこの世界の皆様に受け入れていただけるかどうかはわかりません。

ですが、ドルーさんやクニャスさん、それにバテアさんは、私の料理を美味しいと言ってくださいました。

私にできることは、その言葉を信じて一品一品心を込めて料理するだけです。

『居酒屋さわこさん』は、今日からいよいよ営業を開始します。

とはいえ、なんの宣伝もしておりませんので、どれほどのお客様にご来店いただけるか、まったく予想できません。

そのため、今日の大皿料理は二品とすることにしました。


一品目は、定番の肉じゃがです。

私の得意料理ですし、この店で最初に作る料理にふさわしいかな、と思った次第です。

もう一品は、昨日も作った茄子とピーマンと挽き肉の炒め物にしました。

これはバテアさん達お三方のお墨付きがございますからね。

私はそれぞれの材料をまな板の左右に並べて調理を始めました。

お鍋を火にかけ、お野菜を刻み、調味料で味を整えて、丁寧に、でも素早く二品の調理をこなしていきます。

「……さわこって、綺麗ねぇ」

私が調理する姿をカウンターの椅子に座って見ていたバテアさんが、いきなりそんなことをおっしゃいました。

不意打ちを食らってしまった私は、思わずあたふたしてしまいました。

「ちょ⁉　ば、ば、ば、バテアさん⁉　いきなり何をおっしゃるんですか⁉」

思いっきり裏返った声を上げてしまう私。

「いや……背筋が綺麗に伸びててさ、よどみなく手を動かす姿に、なんか引き込まれちゃうっていうか……綺麗だなぁって思ってさ」

バテアさんはそう言いながら笑っています。

た、確かに……料理をする際の姿勢には昔から気を付けておりましたので、今もそれなりに良い姿勢を保てているとは思いますけど、面と向かって「綺麗だねぇ」なんて言われると……その、恥ずかしいですし、びっくりしますし、なんと言いますか……照れくさいです。

私はそんなバテアさんの視線を否応なしに意識しながらも、とにかく一生懸命調理を続けました。

程なくして、大皿料理はほぼでき上がりました。

あとは、お客様のご希望をお聞きして、一品料理を作っていこうと思っております。

そのため、幾つかの食材の下拵《したごしら》えもしておきます。

元の世界では、すぐに傷んでしまう素材などは、あまり早くから仕込めなかったりするのですが、この世界には魔法袋がありますので、本当に助かります。

更に作業の合間に、お通しの準備も始めました。

本日準備したのはさやいんげんです。

ヘタと筋《すじ》を取り、塩を加えたお湯で茹で、包丁を入れた後に、砂糖・味噌・醤油・すり胡麻と、作り置きした出汁を加えて味を調えた和《あ》え衣《ごろも》をからめていきます。

これで、さやいんげんの胡麻和えの完成です。

さて、料理の準備はできました。

大皿に盛り付けた肉じゃがと、茄子とピーマンと挽き肉の炒め物をカウンターの上にのせます。

そして、引っ越しの荷物の中から赤提灯《あかちょうちん》を取り出し、お店の外へ向かいました。この提灯は前のお店で父の代から使用しているものです。

おあつらえ向きに、ドアの軒先にこれを引っかけるのにちょうどいい棒があるのを確認しておりましたので、私はそこに提灯を取り付けました。

火を点《つ》けた蝋燭《ろうそく》を中に入れれば、風情のある赤い色と、『居酒屋』の黒い文字が浮かび上がります。

次に、ドアの前に暖簾をかけます。

暖簾を渡すのに適した支えがなかったもので少々困惑していたのですが……

「これをドアの上に渡せばいいの？」

バテアさんがそう言って右手の人差し指を一振り。あっという間に魔法で支えを作ってくださいました。

「……なんといいますか、ホント便利なんですね、魔法って」

感心する私を見ながら、バテアさんは笑っておられます。

「なんでもできるってわけじゃないわよ。ま、普通の人よりはできることが多いってくらいかしらね。だって幾ら便利な魔法があっても、アタシにはさわこみたいに美味しい料理は作れないもの」

謙遜しながらそうおっしゃってくださるバテアさん。

ですが、この暖簾や提灯の文字にも魔法をかけてくださって、そのおかげでこの世界の方々が見ても理解できる文字として認識されるのですから……やっぱり魔法はすごいです……


さて、これで開店準備は万端です。

「じゃ、中でお客さんが来るのを待とうか」

バテアさんはそう言いながら、ドアに手をかけられました。

「あ、ちょっと待ってください」

私はそこでバテアさんを呼び止めました。

「あン？　どうかしたの？」

怪訝そうなバテアさんの横をすり抜け、私は先に店内に入ります。

そして一旦ドアを閉めると、ドア越しにバテアさんに向かって告げました。

「さ、お入りくださいな」

ドアを開けて店内に入ってこられたバテアさんは、大層訝しげな表情をされていましたが、そんなバテアさんに向かって私はにっこりと微笑み、深々と頭を下げました。

「いらっしゃいませ。『居酒屋さわこさん』へようこそ」

そうです、やっぱり『居酒屋さわこさん』の最初のお客様は、バテアさんでなくてはいけませんからね。

私が笑みを浮かべていると、私の意図を察したらしいバテアさんもにっこり笑いました。

「あはは、これは光栄ね。さわこのお店の最初の客になれるなんて」

クスクス笑いながら、私の肩に腕を回すバテアさん。

そんなバテアさんを、私はカウンターの特等席にご案内いたしました。


さぁ、『居酒屋さわこさん』開店です。

薄い黄色の着物に身を包んだ私は、カウンター席に座られたバテアさんの前に、さやいんげんの胡麻和えをのせた小皿を運びました。

「はい、まずはお通しです」

「へぇ、オトーシ？」

バテアさんは、私が出したさやいんげんを珍しそうに眺めています。

「こちらの世界には、このような食べ物はないのですか？」

「ないわね。初めて見るわ」

私はバテアさんにフォークを差し出しました。

ですが、バテアさんはそれを見て首を横に振ります。

「あのさ……さわこ、あなたがいつも使ってる、あれを使わせてくれないかしら？」

「あれ、って……お箸ですか？」

「そう、それよ」

「でも……バテアさんはフォークのほうが使い慣れているのではないですか？」

「そりゃそうだけどさ……でもさわこの料理は、さわこと同じようにして食べたいなぁって思ったのよ。だからさわこ、使い方を教えてくれる？」

バテアさんは私の目を見てにこっと笑いました。

「はい、そういうことでしたら喜んで」

私は割り箸を一膳、厨房の棚から取り出して、バテアさんにお渡ししました。

そのままバテアさんの横に座り、自分のお箸を実際に持って持ち方をお見せします。

バテアさんは最初こそ苦戦されていたのですが、さやいんげんを食べ終える頃には箸の使い方が様になっていました。

「わぁ、バテアさんすごいすごい。もうかなり使いこなせていますよ」

私は思わず拍手をしてしまいました。

「そ、そう？　さわこに褒められたら、なんか嬉しいわね」

見事お箸を使ってさやいんげんを完食したバテアさんは、そう言って照れくさそうに笑っていました。

さて、では、酒とお料理ですね。

私は先程作ったばかりの肉じゃがと茄子とピーマンと挽き肉の炒め物を、それぞれ小皿に取り分けてバテアさんの元へ運びました。

続いて、厨房の後ろに並んでいる日本酒の瓶を眺めます。

「さて……今日はどれをおすすめいたしましょう……」

少し考えた私は、手近にあった一升瓶を手に取りました。

それは、赤いラベルが印象的な辛口の純米酒。重すぎず、軽すぎず、薄すぎず、甘すぎず、それでいてスパッとした切れ味のあるお酒です。

グラスと一緒にそのお酒を持ってバテアさんの元へ歩み寄り、「ささ、おひとつ」と一升瓶を傾けます。

「じゃ、いただくわ」

バテアさんのグラスにお酒を注いでいくと、日本酒独特の香りがふわっと鼻腔《びこう》をくすぐります。

「へぇ……いい匂い……」

バテアさんも目を閉じてその香りを楽しんでいるみたいです。

八分ほど注いだところで、私は瓶を下げました。

「ほら、さわこも」

「え？　で、でも、私はお客様の対応をしませんと……」

「そのお客が一緒に呑もうって言ってるんじゃないのよ。それに、今日はどうせアタシの貸し切りでしょ」

バテアさんはくすりと笑い、私の手から一升瓶を奪いました。

観念した私は厨房から新しいグラスを持ってきて、バテアさんの横の席に着きます。

「さ、じゃあ」

「はい」

互いにグラスを掲げ、私とバテアさんは頷き合いました。

「「乾杯！」」

二人して、そのままぐいっと一気にお酒を呷りました。

「かーっ、ホント美味しいわね、この日本酒ってのは！　ドルーじゃないけど、この味を覚えたら、街の中流酒場組合の酒場にはちょっともう行けないわね」

グラスのお酒を呑み干したバテアさんは嬉しそうに声を上げられると、今度は料理に箸を伸ばしました。

「……これって、ジャルガイモよね？」

「じゃる……がいも？」

「ほら、こないだ酒場で食べたやつよ」

バテアさんに言われて、私はハッと思い出しました。

表面を焼いただけで中が生だった、あのじゃがいももどきのことですね。

あの時のガリゴリとした食感と、口内の水分を全部持っていかれてしまう感覚を思い出して、私は口の中が干からびていくような感覚に襲われてしまいました。

酒場では普通に食べていましたけど、バテアさんもあのじゃがいも……といいますか、じゃるがいも（？）の料理は苦手なんだそうです。

「えぇ、そうなのよ……あれはどうにもねぇ……もったいないから、出されたら食べるんだけど、できたら遠慮したいっていうか……」

「あれ？　でもバテアさん、お店では喜んでいらしたような……」

「いや、ああ言っておかないとお店の雰囲気まで壊しちゃうでしょ？　さわこもいたわけだし」

疑わしげに眉根を寄せつつも、バテアさんは肉じゃがに箸を伸ばします。

「ん？」

その時、お箸がなんの抵抗もなくじゃがいもにすっと入ったことに、バテアさんは目を丸くされました。

「え？　何？　このジャルガイモ、柔らかい……の？」

そう言ったバテアさんは恐る恐るといった感じで、割れたじゃがいもの一つを口に入れます。

「ん……んん⁉」

二つの大きな目を更に見開いて驚くバテアさん。

「何これ⁉　味がしみててすっごく美味しい！　何より、ジャルガイモがこんなに柔らかいなんてびっくりよ！」

声を上げながら、バテアさんは小皿の上の肉じゃがをあっという間に平らげ、最後には汁まで綺麗に飲み干してしまいました。

肉じゃがを食べ終えたバテアさんは、すかさずお酒を口にされます。

「ふぁ〜、これがまたこの酒に合うわねぇ。さわこ、お代わりお願いしてもいい？　……お酒と料理、どっちもよ！」

「はい、喜んで」

バテアさんから小皿を受け取ると、大皿から肉じゃがをよそいます。

「さ、どうぞ」

「ありがと、さわこ、ん〜美味しそう！」

肉じゃがを食べてはお酒を呑み、を夢中で繰り返していらっしゃるバテアさん。

それはそれは美味しそうに食べてくださるバテアさんを、私はいつまでも笑顔で見つめ続けていました。

結局この日、『居酒屋さわこさん』を訪れたお客様は、バテアさん以外にはいませんでした。

でも、私とバテアさんは、閉店まで二人で楽しいひと時を過ごしたのでした。

四杯目　鬼の冒険者さんは肉じゃががお好きでした

『居酒屋さわこさん』を開店して数日経ちました。

相変わらずお店には、バテアさんしかいません……

「ったく、ここにこんないい店ができたってのにねぇ……」

連日、お客さんとしてお店にいてくださるバテアさんは、苛立った様子でドアを睨んでいます。

開店してからというもの、提灯を街道から見えやすい位置に移動させた以外、特に宣伝らしいことをしておりませんので、当然と言えば当然と言えなくもありません。

ただ……前のお店でも宣伝をしたことがなかったものですから、何をどうしたものかと若干悩んでしまいます。

何しろ前のお店は父の代からのお客様が付いてくださってましたから、私が引き継いでからもしばらくは困りませんでしたし……。何かしないといけないとは思うのですが、何をしたらいいのか見当もつかないのです……

……と、その時でした。


「……あの、ここ……酒場？」

そんな声がドアのほうから聞こえてきました。

私とバテアさんが視線を向けると、野生的な格好をされた大柄な女性が、ドアを少し開けて店内を覗いています。

その女性に向かって、私はにっこり微笑みました。

「はい、『居酒屋さわこさん』です。どうぞお入りくださいな」

私はドアの前までお出迎えに行きました。

すると、その女性は店内をきょろきょろと見回しながら、ゆっくりと入ってこられました。

「……あ……じ、じゃあ、お邪魔します……」

バテアさんはその女性をじっと見つめています。

「……あんた見ない顔ね？」

「……はい……自分、冒険者で……途中で道に迷って、さっきようやくこの街に着いた……お腹がぺっこぺこで、酒場で何か食べようと思ったけど……どこもいっぱいで……」

女性は朴訥《ぼくとつ》な感じでそう話されました。

「あぁ、そうか……明日は休みだしねぇ」

女性の言葉に、バテアさんは大きく頷かれました。

この世界にも私の世界と同じ一週間という概念があるそうでして、週末の最終日はお仕事がお休みなんだそうです。で、明日がそのお休みの日にあたると。

その前日に酒場に押し寄せるなんて……どこの世界でも皆さん考えることは一緒なんですね。

私は女性をカウンターへ案内いたしました。

その女性は名前をリンシンさんといい、鬼人族《オーガ》という種族に属する鬼人さんなんだそうです。

よく見ると、頭の左右に小振りな角が生えていらっしゃいました。

担《かつ》いでいた大きな棍棒を椅子に立てかけて席に着いたリンシンさんは、店内をきょろきょろ見回していたのですが、カウンターの上の大皿料理を見つけると、顔を寄せてくんくん匂いを嗅ぎ始めました。

「……こ、これほしい……これ、すごく美味しそうな匂い……」

リンシンさんは今にも涎《よだれ》を流してしまいそうな顔をされています。

「はい、ではすぐにお取り分けしますね」

私はそう言って厨房に入りました。

ですが、リンシンさんはもはや待ちきれないようで……

「……あの……このまま食べちゃ、だめ……かな？」

「はい？」

その言葉に、私は思わずきょとんとしてしまいました。

リンシンさんは、肉じゃがのお皿を指差しています。

大皿料理は残っても魔法袋に保存しておけるので、結構な量を作っているんです。

このまま……というのは、お皿ごとということでしょうか……？

こちらを窺うリンシンさんは、まるで餌を食べてもいいよ、と許可が出るのを待っている犬さんのようです。

それを見たバテアさんが、クスクス笑っておられました。

「鬼人は大食いだしね。いいじゃないのさわこ、このまま食べさせてあげれば」

その言葉に、私は小さく頷きました。

「そ、そうですね……では、フォークを……」

そう言って、厨房の端にまとめて置いてあるフォークへ手を伸ばしたのですが……

「……あ、ありがと……い、いただきます……」

フォークを取るまでもなく、リンシンさんは大皿を両手で持ち上げました。

そして、そのままお口を大きく開けられ、お皿を傾けていきます。

すると肉じゃがが、リンシンさんのお口の中に吸い込まれるような勢いでなくなっていくではありませんか……

結局一分とかからずに、肉じゃがの大皿は空っぽになってしまいました。

満面の笑みを浮かべながら、もぐもぐと口を動かすリンシンさん。

口の中の残りをごっくんと飲みこまれると、何か乞うような視線を私に向けてこられます。

「……あ、あの……お、お代わり……」


……こ、これはなかなか手強いお客様のようですね。


私はリンシンさんを前に、自分がお料理本気モードに突入したのを感じていました。

そこからは、壮絶な光景が展開されました。

大皿に盛ったお料理を美味しそうに食べていくリンシンさん。

そして、リンシンさんの食べるスピードに負けじと気合いを入れて調理していく私。

もちろん、一品一品がそんなに早くはできませんので、複数の料理を同時並行で進めていきます。

追加の肉じゃが、絹さやの落とし卵煮、豚肉の生姜焼き、甘辛肉の野菜炒め……

私は手を休めることなく、それらの料理を次々に作っては大皿によそっていきます。

そしてその大皿を、どんどんカウンターに並べていくのですが……

リンシンさん、私が作った端から平らげてしまうのです。

「……ありがとう……いただきます」

と……それだけ言って、一気に口の中へと流し込んでしまって……

ああ、また一皿なくなってしまいました……

「ちょっとアンタ、いくらなんでも一人で食べすぎでしょ！　少しはこっちに回しなさいよ！」

見かねたバテアさんが、怒ったような呆れたような声で、リンシンさんを止めに入ります。

「バテアさん、大丈夫ですよ……バテアさんの分はちゃんと取り分けてありますので……」

私は小声で言いながら、別の小皿に取り分けた料理を、そっとバテアさんにお渡ししました。

料理を受け取ったバテアさんは、本気で涙目になっています。

「さっすがさわこ！　愛してるわぁ！」

カウンターから身を乗り出し、私の首に抱きついてくるバテアさん。

「うわぁ!?　バテアさん、駄目ですよ!?　危ないですからぁ」

包丁に手を伸ばそうとしていた私は、大慌てでバテアさんを押し戻しました。

ちなみにこの大皿料理は一皿で小皿およそ十皿分、つまり十人前の量になります。

それをリンシンさんはすでに五皿……五十人分は食べている計算に……

「しっかしあんたってば、いくら鬼人が食べるからって、よくまぁそれだけ食べられるわねぇ」

バテアさんはリンシンさんの横に積み上がった大皿を見て、苦笑されています。

リンシンさんはそんなバテアさんににっこり微笑みました。

「……こ、こんな美味しい料理初めて……このお店にこられて……幸せ……」

本当に幸せそうな笑みを浮かべてお話しされるリンシンさん。

そのお顔を見られただけで十分ですね。

「へぇ、そんなに無造作に食べてるからちゃんと味わっているのか心配だったけど、よくわかってるじゃない。そうよ、さわこの料理は美味しいの。よく覚えておきなさい」

リンシンさんが私の料理を褒めてくださったことを、まるで自分のことのように喜んでくださるバテアさん。上機嫌でグラスを傾けています。

そのバテアさんの手元を、リンシンさんがジッと見つめていました。

すでにリンシンさんは満腹になられたみたいで、料理の注文は止まっております。

リンシンさんの視線に気付いたバテアさんは、ご自分のグラスとリンシンさんを交互に見ています。

「……何？　ひょっとしてお酒も呑みたいの？」

「……うん……お酒、好き……」

バテアさんの問いかけに、リンシンさんはにこっと微笑みながらこくこくと何度も頷きました。

「そういうことでしたら、こちらをどうぞ」

私はリンシンさんに新しいグラスをお渡しいたしました。

そこにお酒を注いでいきます。

リンシンさんは手に持ったグラスを嬉しそうに見つめています。

「さ、どうぞ」

八分ほど注いだところで、私は酒瓶を引いてリンシンさんに言いました。

「……いい匂い……い、いただきます……」

嬉しそうな笑顔でそう言うと、グラスを口に持っていくリンシンさん。

しかし……その呑み方は、先程大皿料理を豪快に流し込んでいたリンシンさんからは、まるで想像もつかないものでした。


両手でグラスを抱え、舌を伸ばしてお酒を舐めるように呑まれているのです。


ぴちゃ、ぴちゃ。

「……美味しい……とっても美味しい」

そして、合間に零れるリンシンさんの声。

「何よ、ずいぶん可愛い呑み方をするのね、あんた」

バテアさんはリンシンさんを見つめながら、楽しそうに笑っておられました。

お酒の呑み方は人ぞれぞれ。

皆さんに楽しくお呑みいただけるのが一番です。

呑みはじめたばかりにもかかわらず、みるみる頬を赤く染めていく可愛らしいリンシンさんに、私はしばらく見惚れてしまいました。

◇◇◇

ひとしきりお酒を堪能なさったリンシンさんは、満足そうな表情をされています。

「……いいお店見つけた……今夜は最高」

そのお言葉に私も大満足です。きっとバテアさんも同じ気持ちではないでしょうか。

リンシンさんは立ち上がり、腰につけたウェストポーチのようなものの中に手を突っ込みました。

お会計でしょうか……何やらもぞもぞなさっていたのですが、少しずつその表情が険しくなっているような……あれ？　何かあったのでしょうか？

首を傾げている私の前で、リンシンさんはおっしゃいました。

「……お財布……ない」

リンシンさんは腰のウェストポーチ風の容れ物を外すと、その中身をカウンターの上に並べていかれました。

「……ない……お財布、やっぱりない……」

リンシンさんはカウンターの上に視線を落とし、今にも泣き出しそうな顔をされています。

先程までお酒でいい感じに赤くなっていたお顔が、今は真っ青です。

リンシンさんは、今度は自らの衣服を調べ始めました。

二メートル近い身長のリンシンさんは少しふくよかで丸みを帯びていますが、それでもかなりの筋肉質だとわかる体つきです。

その大きなお身体に、獣の皮で作られたベストのような上着を羽織り、腰巻きをつけた格好をされていました。上着の下はサラシのようなものを巻いて胸を隠されていて、腰巻の下にはショートパンツ風のズボンを穿かれているようです。

そんな出で立ちのリンシンさんが、焦った様子で、まずベストを脱ぎ、次に腰巻きを外し、そして、サラシを解《ほど》いて……

「ま、待ってくださいリンシンさん!?　お店の中で裸になられては困ります！」

私はサラシを完全に解き、その豊満な胸を露わにしたリンシンさんを、大慌てで止めようとしました。

しかしおろおろとした様子のリンシンさんは、服を脱ぐ手を止めません。ついにはズボンも脱いで調べようとなさるので、バテアさんと二人がかりで説得に入りました。

なんとか脱衣を止めてくださったリンシンさん。しかし結局、お財布はどこにもありませんでした。

リンシンさんは、がっくりと肩を落としています。

見かねた私は、リンシンさんに微笑みかけました。

「お代はお金が準備できてからでいいですから。元気を出してください」

そう言ってその肩に手を置きました。

すると、バテアさんがつかつかと歩み寄ってきます。

「ちょっとさわこ、まさかリンシンをこのまま帰すつもりなの？　飲み食いした代金を踏み倒すかもしれないのよ？」

バテアさんは私とリンシンさんを険しい顔で交互に見ています。

……確かに、バテアさんのお言葉はもっともだと思います。

昔お店をやっていた際にも、お財布を忘れたと言われたお客様に何度か出くわしたことがありました。

私はそのたび「次回で結構ですよ」と申し出ていたのですが、その後お代を払いに来てくださった方は、正直そう多くはありませんでした……

「でしょう？　そんなものなのよ。だからさ、とりあえずリンシンから何か代金の代わりになるものを預かっておきなさいな」

バテアさんはきっぱりそう言って、リンシンさんを睨み付けます。

一方のリンシンさんは、困惑しきりの表情できょろきょろと店の中を見回し、なんとかしようと思ったのか、たまたまその手に握られていたサラシを私に向かって差し出しました。

それを見た私は、思わず苦笑してしまいました。

「いえ、それは結構ですから」

いつまでも胸が露わなのはどうかと思い、私はそのサラシをリンシンさんに巻き直してあげました。その間もリンシンさんはあれこれと考えを巡らせていたのですが……

「じゃ、じゃあこれ……」

最後の手段とばかりに、悲壮なお顔つきで、立てかけてあった巨大な棍棒を私に向かって差し出してきたのです。


……うーん。

リンシンさんは先程、お荷物をすべてカウンターの上に並べられたのですが、武器と言えるようなものは、その棍棒以外にお持ちではありませんでした。

「あの……リンシンさん、その棍棒の他に、何か武器はお持ちなんですか？」

私がお聞きすると、リンシンさんは首を左右に振られました。

「……これしか、ない……でも、お金の代わりになりそうなもの、もうこれぐらい……」

リンシンさんは肩を落としてそう告げます。

私はそんなリンシンさんに向かって笑みを浮かべました。

「では、これは受け取ることはできません」

「……え？」

「リンシンさんは冒険者さん（？）なのでしょう？　私は、冒険者さんという職業の方がどのようなことをされるのか、いまいち把握できておりませんが……少なくとも武器を持っていなくては、成り立たないようなお仕事ではないのですか？」

私の言葉に、バテアさんが頷かれました。

「……まぁ、確かにそうね。さわこの言う通りだわ」

「でしたら、そんな大切な商売道具をリンシンさんから受け取るわけにはいきません。その棍棒で冒険者さんのお仕事をされて、お金ができたら今日の代金をお支払いくださいな。その上で、これからも『居酒屋さわこさん』をご贔屓《ひいき》にしてくださると、とても嬉しいです」

私はリンシンさんに向かってもう一度笑いかけました。

「ホ、ホントにいいの？　……またこのお店、来てもいいの？」

私の手を両手で握り、何度もそう尋ねてくるリンシンさん。

「えぇ、もちろんです」

リンシンさんに私は何度も頷きました。

そんな私に、バテアさんは渋い表情を向けます。

「……ほんと呆れた。普通ならさ、無銭飲食で衛兵に突き出してもいいってのに……まったくさわこは優しいっていうかお人好しっていうか……ねぇ……。ま、さわこらしい、っていえば、さわこらしいんだけどさ」

「そうですねぇ、昔からよく言われます」

苦笑するバテアさんに、同じく苦笑いを返す私。

そんな私達の様子を、リンシンさんは笑顔で見つめておられました。

◇◇◇

財布を落としたため、宿に宿泊するお金も当然お持ちでないリンシンさんを、私達は家にお泊めすることにいたしました。

私とバテアさんが一緒に寝ている大きなベッドの隣の床に、私の荷物の中から引っ張り出してきた布団を敷き、そこで寝てもらうことにしたのです。

私の隣で横になっているバテアさんは、また苦笑しています。

「無銭飲食の相手を許した上に、家に泊めてあげるなんて、お人好しにもほどがあるわよ、ホント……」

「まぁ、なんと言いますか……困った時はお互いさまとも言いますし」

そんな会話をする私達をよそに、リンシンさんは早くも寝息を立てています。

道に迷ったとおっしゃっていましたし、よほどお疲れだったのでしょうね。

リンシンさんの寝顔を見つめながら、バテアさんは溜め息をつきました。

「……リンシンが人を騙したり、逃げたりする人間には見えないってのには同意するけどね……ま、どっちにしろリンシンが代金を踏み倒して逃げ出そうとしたら、このアタシが地獄界の果てまで追いかけてあげるから」

ふふんと不敵に笑うと、バテアさんもベッドの中で目を閉じられました。

「きっと大丈夫ですから」

小声で呟き、私も目を閉じました。

◇◇◇

翌朝早朝のことでございます。

「さわこー！　バテアー！」

リンシンさんの大声で、私は飛び起きました。

「あ、あら？」

布団の上に、リンシンさんの姿がありません。

で、では、リンシンさんの声はどこから……

「さわこー！　バテアー！」

再びリンシンさんの声。どうやら家の外から聞こえてきているようです。

「……何よ、朝っぱらから……」

大きな声にバテアさんも目を覚まされたようです。

私達は寝間着の上に薄手のガウンを羽織り、家の外へ出ました。

「うん？」

私は思わず鼻を押さえました。

家の外に、すごい異臭が漂っているのです。

異臭……いえ、どちらかと言うと、この臭いは獣臭でしょうか？

臭いのするほうへ視線を向けると、そこには笑顔のリンシンさんの姿がありました。

そしてリンシンさんの足下には、数匹の、いえ数頭の大きな獣が転がっています。

リンシンさんは、その獣を指差して嬉しそうに告げました。

「代金の足し……獣、狩ってきた」

するとリンシンさんに向かって、バテアさんがすごい形相で詰め寄ります。

「ちょっとリンシン！　マウントボアが代金の足しになるとでも思ってるの？」

「……え？」

「あんたね、このマウントボアは、臭いわ、硬いわで、家畜も嫌がって食わないってのに……まさか知らなかったとか言うんじゃないでしょうね？」

それを聞いて目を丸くされるリンシンさん。

「……ごめん……知らなかった……確かに、少し臭いとは思ったけど……鬼人族なら、これぐらい普通に食べるから……」

リンシンさんはあっという間にしゅんとなってしまいました。

『まうんとぼあ』と呼ばれた獣を見てみると、おそらくリンシンさんの大きな棍棒で殴られたのでしょう、どれも頭部が潰れていて顔の形状は判別できません。ですが、その体付きなどからして、私の世界にもいたあの動物に似ている気が……そう、猪です。

サイズが異常に大きかったり、下顎と牙が極端に発達していたりと、異なる点も多々ありますが、毛並みや体型はそっくりです。

この獣が猪と似ているのであれば……

私は厨房へ戻り、包丁を手に取りました。少し小さいかなと思いつつも、これ以外に解体に使用できる道具はないので致し方ありません。

まだ父が生きておりました頃のことですが……

一時期ジビエに凝った父が、狩猟に出かけては野生の動物を仕留めてきたことがありました。その解体作業を手伝っておりましたので、それなりに経験はございます。

これほど大きくはありませんが、猪も何度か解体したことがあるのです。

寝間着のままでは作業ができませんので、服を着替えました。

この年齢になりますと、すっぴんジャージ姿で人前に出てもさして苦にはなりません。

女性としてどうかなぁと微妙な気持ちもなくはないのですが……今日は気にしないことにしましょう。

そうして準備を整えた私は、再びお店の外に出ました。

包丁を手に、妙に気合いの入った姿の私を見て、バテアさんとリンシンさんは目を丸くしています。

「ちょっとさわこ、まさかこのマウントボアを解体する気なの？」

「はい、やってみようと思います」

バテアさんに、私は笑顔でお応えしました。

「……さわこ、これ食べられる？」

驚いた表情を浮かべるリンシンさん。

「そうですね、私の国ではこれによく似た獣を食べていましたので、なんとかなると思います」

すると、リンシンさんも嬉しそうに笑みを浮かべました。

さて、作業開始と行きたいところですが、その前にしなければならないことがあります。

そう、先程からの異臭の原因でもあるのですが……このマウントボア、おそらく狩ってから十分に血抜きがされていないようです。

そのため、マウントボアの体温で血液が腐敗し始めているみたいですね。その臭いがかなりきつい感じです。

「あの、バテアさん……つかぬことをお伺いするのですが、このマウントボアの中にある血液だけを、魔法で抜き取ることって可能ですか？」

「まぁ……できなくもないけど……そんなことしてどうするの？」

「はい、それでこの臭みが少しは軽減されると思うのです」

「え？　そうなの？」

私の言葉に半信半疑のバテアさんでしたが、すぐにお肉に向かって右手を向けられました。ふわっと光が放たれ、マウントボアを魔法陣が包み込みます。

程なくして魔法陣が消えると、はい、随分と臭みが和いだような気がします。やはり、正解だったようです。

「……ほんとだ……臭いが消えた」

リンシンさんも目を丸くされています。

「そうなんです、野生の動物を狩った後に臭くなるのって、血液が腐敗するからなんですよ。なので、獣を狩ったらすぐに血抜きをすることです。それから、抜ききれずに残った血液が腐敗しないように、獣本体の体温を冷やすと、更に効果的ですね……今回というか、こちらの世界では、あまり十分な血抜きがされていないようですね」

以前、バテアさんと行った酒場のお肉の味が微妙だったのも、血抜き作業が十分に行われていなかったせいでしたし……

「……血を抜くのは、解体したついで、ぐらい……」

リンシンさんはそう補足されました。

「なるほど、そういうことでしたか……では、今度からは解体する前に、まず綺麗に血を抜いてみてください。できれば、獣の心臓が動いているうちにやってしまうのがいいそうですよ」

私がそう説明すると、リンシンさんはにっこり笑って「……わかった！」と頷かれました。

「さて、それじゃあ、解体してしまいましょう」

そう言って、私は包丁を握りしめました。ところが……

「……さわこ、解体する！　まかせて！」

言うが早いか、マウントボアを持ち上げたリンシンさんは、そのお腹に右腕を突き立てたんで

す……って、え？　う、腕⁉

……そこからはもう、すごかったの一言しか申し上げられません。

がんばって解体しようと準備万端だった私の前で、リンシンさんは両腕の力だけでマウントボアをどんどん解体していかれました。

「……灰色熊や、巨大角大鹿をよく解体してるから……その要領でいいかな」

リンシンさんは本当に解体に慣れているようでして、こういう作業はお手のもののようです。初体験のマウントボアでもどんどん解体されていかれました。

「……灰色熊と、結構内臓の配置が似てる……から、楽」

リンシンさんはそうおっしゃっていますが……マウントボアの骨を素手で叩き折ったり、お肉を爪と指先で切り分けたりとか、普通簡単にはできないと思うのです……

「あぁ、そこはほら、リンシンは鬼人族だからね、見た目以上のパワーを持ってるし、爪や拳がとんでもない武器なのよね」

バテアさんは苦笑しながら私に教えてくださいました。

「はぁ、そうなんですねぇ」

私は唖然としながら、そうお応えするのがやっとでした。

さて、リンシンさんが切り分けてくださったお肉を受け取った私は、調理の準備を始めました。

今回はバテアさんの魔法のおかげで完全に血抜きができ、臭みもほとんどなくなっています。血を抜いても臭みが気になる場合、お酒に漬け込んで香味野菜と一緒に下茹でしたりすることもあるのですが、その作業は割愛しましょう。

ともかくこれで、普通のお肉の部分は問題ありません。

ただし、内臓系の部位はとにかく洗わないといけません。その上であく抜きをしないと、とても食べられたものではありませんので。

バテアさんが準備してくださった五つの木桶の中に内臓部分を入れ、厨房に運ぼうと思ったのですが……

「何、さわこ、それ洗うの？」

「あ、はい、そうなんですよ……」

「わかった、ちょっと待って」

バテアさんはそう言うと、木桶に向かって右手を差し出し、再び詠唱を始めました。

するとなんということでしょう。木桶の周囲に魔法陣が出現し、そこから滝のように水が噴き出してくるのです。

更にバテアさんが腕を振ると、木桶の中の内臓が、溜まった水と一緒にぐるぐるとまわり始めます。まるで洗濯機の中で内臓が洗われているようです。

ふと気が付くと、私達の周囲にはちょっとした人だかりができていました。

「なんだなんだ、マウントボアを解体してるのか？」

「おいおい、あんな肉、食えるのか？」

皆さん口々にそんなことを言いつつ、リンシンさんが力で豪快に、バテアさんが魔法で巧みにお肉を処理していく様子を、物珍しそうに見物されています。


それを見た私は、ふっと閃きました！

私は一旦店へ戻り、野外バーベキュー用のコンロセットを持ってきました。

もちろん、炭も一緒です。それを使って火を起こしました。

更にアウトドア用のテーブルを持ち出し、その上でお肉を細かく切っていきます。

すると、周囲の皆さんが、今度は私を取り囲み始めました。

「おいおいお嬢さん、まさかマウントボアの肉を調理する気かい？」

「やめときなって。臭いし、筋張《すじば》ってるし、とても食えたもんじゃねぇから」

皆さん、口々にそうおっしゃっています。

私はお肉を捌き始めて、みなさんの言葉の意味を身をもって理解しました。

確かに、マウントボアのお肉は筋張っていて、とにかく硬いんです。

お肉を覆っている筋繊維《きんせんい》が、まるで鋼《はがね》のようです。

リンシンさんがかなり除去してくださったのですが、それでもまだ残っている感じです。

ですが……がんばって硬い部分を取り分けていくと、その奥から柔らかい部位が顔を出してきました。

硬い部位は大きなナイロン袋に詰め、輪切りにした玉ねぎ、赤味噌と一緒に混ぜ合わせます。

以前、ジビエに凝っていた父から、こうすると大概の獣の肉は臭みがとれて柔らかくなると教わっておりましたので、その受け売りなのですが……果たしてうまくいくでしょうか……

「……そっか、そうするんだ」

私の作業を、リンシンさんも興味深そうに見学なさっておられました。

切り分ける作業が一段落すると、次にバテアさんが洗ってくださった内臓の中から、心臓とレバーの部位を取り出しました。

心臓は輪切りに、レバーには切れ目を入れて水につけ、更によく洗います。

そうして下拵えした両部位を、バーベキューセットで焼き始めました。

お肉の焼ける芳ばしい匂いが広がっていきます。

周囲の皆さんも、思わずごくりと喉を鳴らしていました。

ですが……

「でもなぁ……」

「これ、あのマウントボアの肉だろ……」

そう言いながら、やっぱりまだ一歩引かれている感じです。

そこへ、内臓の処理を終えたバテアさんが歩み寄ってこられました。

「いい匂いねぇ、もう食べられるの？」

「あ、はい、ここら辺のお肉なら大丈夫ですよ」

私は軽く塩胡椒をした心臓の輪切りを小皿に取り、バテアさんにお渡ししました。

「じゃ、いただくわね」

バテアさんは、そのお肉をまるで周囲の皆さんに見せつけるかのように、一度高く持ち上げてから、ゆっくり口の中へ入れられました。

しばらくモグモグとされていたバテアさんでしたが……いきなり目を見開かれました。

「ちょ!?　ちょっと何よこれ!?　すっごく美味しいわ！」

まさに歓喜の声を上げながら、美味しそうにぱくぱくお肉を食べていくバテアさん。

その姿を見て、私もほっと一安心しました。

正直内臓の味は心配でしたが、やはり鮮度の高いお肉ですから、ちゃんとした下処理さえ行えば、えぐみも臭みもなく美味しく味わえるということですね。

「ちょっとこれは、お酒がないとやってられないわね」

言うが早いか、お店に入っていくバテアさんは、日本酒の瓶を幾つか適当に抱えて戻ってこられました。

「あれこれ試しながら呑むお酒も、楽しいもんだからね」

楽しげに笑うバテアさんに、私は新たに焼けたお肉をお渡ししました。

お箸で器用にお肉を摘まんだバテアさんは、再びそれを高く持ち上げてから、ゆっくりと口に入れていきます。そして手酌で注いだ日本酒を一気に呑み干しました。

「かーっ、朝からたまんないわ！　これ」

バテアさんは少し大袈裟にそう言うと、周囲に集まる皆さんを見回していかれました。

「みんな食べないの？　『居酒屋さわこさん』が、開店のご挨拶に美味しいお肉とお酒を振る舞おうって言ってんのにさ？」

バテアさんは日本酒のグラスをひらひらさせながら、ちょっと挑発なさっています……

「うわぁ、もう辛抱たまらん！」

「わしにもくれ！　その肉食べさせてくれ！」

「あと、その酒もじゃ！」

すると皆さん、一斉にバテアさんの前に殺到していきました。

こうして急遽開催された『居酒屋さわこさん』臨時バーベキュー大会は、ここからすごいことになりました。

焼き上がったマウントボアのお肉を振る舞っていくと……

「こ、これは本当に美味い！　美味いぞぉ！」

「あのマウントボアの肉が、こんなに美味しいなんて……し、信じられない……」

「お嬢さんのお肉を切り分ける腕前もすごいわねえ」

皆さん口々に感嘆の声を上げ、美味しそうにお肉を召し上がっています。

更にバテアさんがお酒を注いで回ると、呑まれた方々からもまた歓喜の声。

「おぉ、美味い！　こりゃエールとは比べものにならんぞ！」

「ホントじゃ、上流酒場組合に加盟している酒場でしか扱ってないような高級品の味わいじゃの」

「おいおい、お前知ったような口ぶりだけど、上流酒場組合の加盟店に行ったことあるのかよ？」

「う、うるせぇ、一度くらいあるわい！」

先程から上流の組合だとかなんとかといったお言葉が聞こえてくるのですが、先日バテアさんと行ったお店とは趣向の違う酒場が、存在するのかもしれませんね。

後学のためにも、あとでバテアさんにお伺いしてみようと思います。


楽しい会話の中、私はマウントボアのお肉を切り分けては焼き、焼き上がってはお皿にのせて皆さんに配っていきました。

あばら骨に沿って縦に包丁を入れて切り分けたお肉を焼きます。

猪に似ているのであれば、骨の周囲を覆うお肉は量こそ少ないものの味は絶品のはず。

まずは私が味見をしてみて……はい、猪肉同様とっても旨味があって美味しいです。

お店で出すのならしっかり煮込んで灰汁取りをし、味を染みこませるなどの手間暇をかけたいところですが、今は皆さんに食べていただくことを最優先にしましょう。

「さぁ皆様、お試しくださいな。マウントボアの焼き肉ですよ」

私はそんな調子で声を上げながら、お肉をどんどん焼いていきます。

「こりゃまた、香ばしい！」

「うん、酒にも合うわ」

「これ、もっとくれ！　頼むよ!?」

いつの間にか、老いも若きも男も女もなく様々な種族の方々がお肉を食べ、そしてお酒を呑んでは、陽気に笑っていらっしゃいます。

「ぷは～こりゃたまらん！」

「なんて美味い酒なんだ、これ！」

「ほんと、たまんなーい！」

その楽しそうな笑顔を、私も最高に楽しい気分で眺めていました。

「どう？　いいお酒でしょ？『居酒屋さわこさん』は料理もお酒も最高なんだから。このアタシが保証するわ」

皆さんの輪に交じって、大々的にお店をアピールしてくださっているバテアさん。

本当に感謝ですね。まったく宣伝をしていなかった『居酒屋さわこさん』ですが、思わぬ形で皆様に知ってもらうことができました。

……とはいえ、そんなに「最高」を連呼されてしまいますと、少し気恥ずかしいです、はい……

皆さんが十分にお肉とお酒を堪能された頃、バテアさんがおもむろに声を上げました。

「さぁ、作業も終わったし、大判振る舞いはここまでよ。お肉やお酒、それに美味しい料理をもっと味わいたかったら、夜の営業時間にお店に来てねぇ」

「皆様、よろしくお願いいたします」

バテアさんに続き、私もそう言って深々と頭を下げました。

「おぉ、行かせてもらうよ！」

「絶対にお店行くね！」

「さわこちゃん、これからもよろしくな」

集まっていた皆さんは、口々にそう言いながら撤収していかれます。

私は何度も頭を下げ続けました。

バテアさんも、笑顔で右手を振っています。

駆け寄ってこられたリンシンさんも、一緒に頭を下げてくださいました。

……これで、少しでもお客さんが来てくださるといいなぁ……

私は皆さんを見送りながら、そんなことを考えていました。


その夜……

お店の提灯を店先に掲げるために『居酒屋さわこさん』の外へ出ようとしたところ……あれ？

なんでしょう……いつもと雰囲気が違います。

何やらざわざわした話し声が……

「お、やっと開店かい」

「待ちかねたよ」

「さわこちゃん、来たよ」

ドアを開けて見れば……お店の入り口を先頭に、大行列ができていたのです！

その方々の大半は今朝、お肉を食べ、お酒を呑んでいらした皆さんでした。

私は、まったく予期していなかった開店待ちの行列を目の当たりにして、思わず目を白黒させてしまいました。

「さ、さぁ開店いたしますので、どうぞお入りくださいませ」

少し声を裏返しつつ、慌てて店内に案内する私。

お店はあっという間に満席になりました。

それでも、お店の外にはまだまだ順番待ちのお客様がおられます。

「こりゃ、席を増やさないともったいないわね」

バテアさんはそう言うと、魔法雑貨店の店舗部分にある商品陳列棚を魔法袋の中に仕舞い、そこに新たなテーブルと椅子を並べました。

程なくバテアさんのお店すべてが『居酒屋さわこさん』に早変わりしました。

「バ、バテアさん、申し訳ありません」

「いいのいいの。さわこのお店が繁盛したら、アタシも嬉しいからさ」

バテアさんはそう言って、嬉しそうに笑ってくださいました。


開店から本気モードに突入した私は、厨房で料理を作り続けています。

本日のメイン料理は、マウントボアのボタン鍋でございます。

お鍋にお肉を入れ、しっかり灰汁を取り、ほどよく煮えたところで、白菜や長ねぎ、しめじなどを加えて完成。これを三人ひと鍋で食べていただくことにしました。

「んん!?　これがあのマウントボアの肉か!?」

「焼いただけより、更に美味い！　美味すぎる！　酒にも合うし」

「野菜とこの汁もいい味になってるねぇ」

皆さん驚きの声を上げながら、どんどんお鍋を食べていかれます。

シメの白米を土鍋で炊いているのですが……こうなってきますと魔石コンロの数が足りません。このあたりは今後改善していかないといけませんね。

……と、そんなことを考えている余裕もありませんでした……

「さわこさん、鍋もういっちょ！」

「お酒も持ってきて！」

「こっちには両方頼むよ！」

あちこちからひっきりなしに注文が上がっています。

悩むのはあとにしたほうがよさそうですね。

「はい、喜んで！」

大きな声で元気にお応えし、私は包丁を持つ手を動かしていきました。

「……お待たせ」

人手が足りないものですから、リンシンさんにも接客を手伝っていただいています。

私の着物を着て、テーブルの間をせっせと行き来しながら料理を運んでくださるリンシンさん。

バテアさんも同様に、着物姿で接客してくださっています。

「はい、お酒足りてる？　もっと呑んでよぉ」

バテアさんは主にお酌をして回りながら、料理の追加注文を取ってくださっている感じです。ついでに自分も手酌で呑まれているようですが……

薄い黄色の着物の私。

濃い緑色の着物のリンシンさん。

紫色の着物のバテアさん。

この世界にはない着物姿の女性がいるというのも、お客様にとっては珍しいようですね。

「な、なんじゃこれは⁉」

そんな店内に、ドルーさんが入ってこられました。

「さわこが店を始めたと聞いて来てみたんじゃが……なんと、もうこんなに繁盛しておったのか⁉」

ドルーさんはそう言いながら目を丸くなさっています。

知り合いの方々が店内にいらしたようでして、ドルーさんに声が飛びます。

「ドルーよ、悪いが先にやらせてもらってるぞ」

「酒も料理も美味いな、この店は」

「っていうか、ドルー、こんな店を知ってて黙ってたなんてずるいぞ」

「うるさいうるさい！　いいからとっとと席を替わらんか！　この美味そうな匂い、もうたまらんわい！」

「馬鹿野郎！　こっちはまだシメノゴハンというのを味わってないんだ。それを食うまでは絶対に譲らん！」

お知り合いの方々は、ドルーさんにそう言い返すとテーブルにしがみついていらっしゃいます。

「いいぞやれやれ」

「酒の肴にちょうどいいや」

やり取りを見ていた周りの方からそんな声が上がりますが、すかさずバテアさんがすごい剣幕で駆けつけました。

「こら、店の中で喧嘩なんかしたら、即刻つまみ出して出入り禁止にするわよ」

すると、ドルーさんもお知り合いも慌てた様子で首を左右に振りました。

「い、いかん、それはいかん」

「わ、わしらは喧嘩なぞしとらんわい、ほれ、この通り」

肩を抱き合い、仲良さそうにする御二方。

その急変ぶりに、店内は大爆笑に包まれました。

この日の店内は、そんな賑やかな声がいつまでも途切れることがありませんでした。

昨日まで閑古鳥が鳴き続けていた『居酒屋さわこさん』に、こうして初めて、たくさんのお客様が来てくださったのでした。

五杯目　食材の仕入れ先は、おかしな鬼さんとへんな姉妹？

『居酒屋さわこさん』は、バテアさんの魔法雑貨店の閉店時間の午後六時頃から営業を開始しています。正確には、バテアさんのお店の閉店作業を終えてからになりますので、午後六時二、三十分頃からでしょうか。その後、夜中の〇時頃までが営業時間です。

ですが、大勢のお客様で賑わった本日は、結局深夜一時頃まで営業を行いました。

「いやぁ、すごかったわねぇ、今日のお店」

暖簾と提灯を片付けてくださったバテアさんが嬉しそうに笑っています。

私が着付けをしたバテアさんの着物なのですが、今ではすっかりはだけてしまっていまして、胸元のあたりがかなり危ない状態です。

「いいのいいの、アタシはこれくらい着崩したほうが楽でいいのよ」

バテアさんの言葉通り、上半身がすっかり着崩れているにもかかわらず、胸は決して見えていないきわどい状態を保っていたのはすごいなって……あれ？　これってホントにすごいことなのでしょうか……むしろ着崩さないほうがいいのでは……あ、あれ？

「……ホント、お客様たくさん……みんな笑顔、楽しかった……」

机を拭いてくださっているリンシンさんも、思い出してにっこりされています。

リンシンさんは、途中から私と同じようにたすき掛けで配膳を行ってくださったのですが、その大柄な体をドスドス……す、すみません、ちょっと言い直します、愛嬌たっぷりなご様子でこなしてくださって、お客様からも大変人気になっていました。

「バテアさん、リンシンさん、お疲れ様でした。今日は本当に助かりました。遅い時間ですが、御飯にしましょうか」

後片付けを終え、これから遅い夕飯を兼ねた晩酌です。

私はまだ明日の下拵えがありましたので、その準備をしながらではありますが、今日の残り物の料理を取り分けてカウンターに並べていきました。

「さぁ、バテアさん、リンシンさん。残り物で申し訳ありませんが、召し上がってくださいな」

「お疲れ様」

「お疲れ……楽しかった」

バテアさんとリンシンさんは、笑顔でグラスを掲げてくださいました。

◇◇◇

「バテアさん、ひとつお聞きしてもよろしいですか？」

バテアさんとリンシンさんが人心地つかれたのを見計らって、私はカウンター越しにバテアさんへ声をおかけしました。

「ん？　何かしら？」

「今日ですね、お客様のお話の中で『上流酒場組合』ってお話をお聞きしたのですが……バテアさんも前に確か『中流酒場組合』って言われていたように思いますし、この世界の酒場にはそういった階級があったりするのですか？」

「あぁ、そのことね。えぇ、もちろんあるわよ」

バテアさんは四杯目のグラスを空にして、リンシンさんからお代わりを注いでもらいながら言いました。

「この街には上流の酒場しか加盟できない上流酒場組合と、それ以下の酒場が加盟している中流酒場組合っていうのがあるのよ」

バテアさんによると、上流酒場組合に加盟するには、料理の味やメニュー、お店の雰囲気や店員の接客態度といった項目に対し、定められた厳格な基準を満たす必要があるそうです。

「まあ、そこに加盟しちゃうと結構な組合費を取られるもんだからさ、加盟した酒場の多くが、入店料とか席代とか徴収し始めるのね。そうすると、必然的に庶民には高嶺《たかね》の花になっちゃうのよね。まぁでも、厳格な基準をクリアしただけあって、それなりに美味しい料理を提供してくれるわ」

加えて、上流酒場組合に加盟すると、上流酒場組合が独占購入している美味しいお酒も斡旋してもらえるようになるそうで、なかなかのものをお店で出せるようになるみたいです。

なるほど、あのビールもどき以外のお酒は、そこでなければ飲めない超贅沢品というわけですね。

それ以外の酒場は、ほどんどが中流酒場組合に加盟しているんだとか。

「こないださわこを連れて行った酒場のようなお店よ。ま、とりあえず呑んで食べて騒げればいいってお店がほとんどね。ちょっと凝った料理を出す店が加盟したりすることもあるんだけど、そういったお店はすぐに上流酒場組合に引き抜かれちゃうもんだから、結局中流酒場組合にはそれなりのお店しか残らないわけよ」

バテアさんはそう言うと、忌々《いまいま》しそうな感じで一度舌打ちをなさいました。

「……ほんと、こないだまで一般市民を相手に『いつもありがとう』『また来てくださいね』って愛想よかった酒場がさ、上流酒場組合に加盟した途端に『お客様は、当店にはふさわしくございません』とか言い出すんだから、すっごいむかつくのよ」

バテアさんはそう言うと、お酒を一気に呑み干されました。

その横で、リンシンさんもうんうんと頷かれています。

「……そう……美味しいお店を見つけても、次に行ったら上流になってて入れてもらえないこと、よくある……寂しい」

そう言いながらバテアさんにお酌するリンシンさん。

そんな組合同士ですので、とても仲が悪いそうです。

どちらの組合事務所も商店街組合の建物の中にあるそうですが、顔を合わせるたびに口喧嘩をなさっているとか。

ちなみに、酒場を営業する場合、商店街組合への届出は必須なのですが、酒場組合へ加盟するかどうかは任意なのだそうです。

私の『居酒屋さわこさん』は、バテアさんが商店街組合への届出をしてくださったので営業基準は満たしております。この世界に来てまだ間もないこともあり、今のところどちらの酒場組合にも登録する気はありませんし、今のお話を聞いてしまうと余計に躊躇してしまいますね……

「そうねえ……でも、今日の調子でお客さんが来ていれば、そのうち酒場組合がスカウトしにくる可能性は十分あるわね」

「スカウトですか？」

「ええ、中流酒場組合はいい酒場を一件でも多く仲間にしたいって思ってるだろうし、上流酒場組合はそんな中流酒場組合の中から、目ぼしい酒場を一件でも多く引き抜こうと目を光らせてるからね」

そう言って笑うバテアさん。

「でも、このお店はできたばかりですし、それは買いかぶりですよ」

私は苦笑しながらそう返しました。

「ただ、上流酒場組合に加盟なさっている酒場で、どのようなお酒や食べ物が提供されているのかは興味があります。いつか機会があったら経験してみたいものですね」

そんな私に向かって、バテアさんが顔を近づけてこられます。

「……言っとくけどさ……さわこの料理とお酒のほうが美味しいのよ、これが」

真顔でそのように言われました。

その横で、リンシンさんも何度も頷かれます。

「……さわこの料理、全部美味しい……お酒も美味しい……上流酒場、目じゃない……」

お二人ともお世辞が上手いんだから……と思った私だったのですが、お二人の表情は真剣そのものです。

「そ、そうなんですね……あ、ありがとうございます」

なんというか、お客様がたくさん来てくれるようになるのはありがたいですが、あまりへんな形で目立ってほしくないなと思う私でした。

ちなみに、この国の中心にある王都という都市には、貴族や特権階級の方を相手にしている超高級酒場組合なるものまであるそうです。

バテアさんもリンシンさんも、そこには行かれた経験がないそうです。

お二人に縁がないとなると、私では更に縁がないと思われます。

……とにかく、私はこのお店でがんばっていかないといけませんね。

そんなことを考えながら私は作業を続けていたのですが……


ごりっ。


「あら？」

包丁を入れた食材から、何やら変な感触が伝わってきました。

今、扱っているのはマウントボアの内臓……胃袋ですね、これは。

バテアさんが魔法で綺麗に洗浄してくださったので、内容物はすべて綺麗に取り除かれているはずなのですが……

私は包丁を動かして違和感のあるあたりを切り刻んでいきました。

「……これ……袋？」

私は中から出てきたものを見ながら首を捻りました。

何かの動物の皮で作られているらしい、少し大きな袋です。

その大きさゆえに胃の内壁に引っかかっていたものと思われます。

「何かしらね、それ……」

バテアさんも私が手にした袋を見ながら首を傾げています。

「あー!?」

そんな中、リンシンさんがいきなり大声を上げて立ち上がりました。

「それ！　私のお財布!?」

「はい!?」

リンシンさんの言葉に、私とバテアさんは揃って目を丸くしました。


……どうやらですね。

リンシンさんが夜中、森の中でお財布を落とされた。
←
それをマウントボアが食べ物と間違えて食べた。
←
そのマウントボアをリンシンさんが仕留めた。
←
そのマウントボアを解体して私がお財布を発見した。

時系列でまとめると、こういうことのようです。

魔獣の皮で作られた布袋だったようで、その匂いでマウントボアが食べ物と間違えたのでしょう。リンシンさんがお財布を開けると、口の部分が紐でしっかり縛ってあったおかげで中身は無事でした。硬貨しか入っていなかったのもよかったみたいです。

リンシンさんは、大喜びしながら先日の代金を支払うと言ってくださいました。

「えっと……リンシンさんには、いろいろお手伝いしていただきましたし、マウントボアのお肉を提供していただいたのもあるので、昨日のお代はなしで結構ですよ」

「……すごく迷惑かけたから……払わせて」

私の言葉に対して、とっても渋い表情をなさるリンシンさん。

ですが……いただいたマウントボアのお肉は相当な量になるので、そういうわけにもいきません。

「……ですから、結構ですよ」

「受け取って！」

「ですから、そういうわけには……」

「受け取って！」

「で、ですから……」

押し問答を続ける私とリンシンさんの間に、バテアさんが割り込んでこられました。

「ならさ、リンシン。『居酒屋さわこさん』の専属冒険者になってさ、今後も狩りの獲物を売りにきてよ。それでどう？」

リンシンさんに向かってそう尋ねるバテアさん。

「専属冒険者？　……ですか？」

言葉の意味がよくわからなくて、私は思わずきょとんとしてしまいました。

「あぁそうね、さわこは知らないわね」

バテアさんの説明によると、冒険者の方が魔獣を狩った場合、それをお金に換えるには大きく分けて二つの方法があるそうです。

一つは冒険者組合にすべて引き取ってもらう方法。

これは文字通り、冒険者組合に狩った魔獣をすべて持ち込んでお金をもらい、後の処理はお任せする方法です。冒険者組合は、買い取った魔獣を商店街組合や商店などに卸して利益を得ます。

この方法ですと、例えば同じ魔獣が多く持ち込まれたりすると買取額がガクンと下がったり、手数料名目で天引きされてしまうデメリットはありますが、どんな魔獣でも必ず買い取ってくれるというメリットがあります。

また、魔獣の中でも人々に害をもたらす害獣に指定されているような魔獣を狩れば、買取額に加えて報奨金がもらえたりするそうです。

もう一つの方法が、街のお店に直接持ち込むことです。

組合を仲介せずにお店に卸したほうが当然高く売れますから、それを狙ってお店と専属契約を結ぶ方は少なくないそうです。報奨金がかかった魔獣だった場合でも、狩った証拠として魔獣の左耳を切り取って組合に持ち込めば、報奨金だけはもらえる仕組みになっているので、魔獣本体のほうは契約店に卸すというケースもあるんだとか。

ただ、買い取る魔獣の種類や量、それに期限などの指定が多く、また魔獣によっては買い取ってもらえないことも多いというデメリットがあるそうです。

お店側としても、専属契約した冒険者に定期的に契約料を支払う義務が生じる点や、有能な冒険者と契約しようとするとかなりお金がいること、また、多くの冒険者が同じ街にずっと滞在するわけではないことなど、メリットばかりではないようです。

つまり、どちらを選ぶにせよ、メリットとデメリットがそれなりにあるということですね。

そんなお話をお聞きしたのですが……

バテアさんの申し出を、リンシンさんは何度も頷きながら了承してくださいました。

「任せて！　いっぱい魔獣狩るよ！　さわことバテアのために」

リンシンさんは嬉しそうに言ってくださいました。

私としてもリンシンさんでしたら信頼もできますし、文句などありません。契約料もきちんと相談すれば、よいところで落ち着きそうですしね。

「……決まりね。じゃ、改めて乾杯しちゃおうか」

「そうですね」

バテアさんの言葉に、私も笑顔で頷きました。

「では、リンシンと『居酒屋さわこさん』の専属契約締結を祝して、乾杯！」

「乾杯！」

バテアさんの声を合図に、私達はグラスをかちんと合わせました。

みんな笑顔だったのは、言うまでもありません。

◇◇◇

そんなわけで、無事にお財布が見つかったリンシンさんなのですが……

「……あの、これからもこの家に泊めてもらってちゃ、だめ？　……お金払う」

「なんで？　うちじゃ床の上で寝るしかないのよ？　宿のほうがいいじゃない？」

「……ここ……料理美味しいし……さわことバテアと一緒、とっても楽しい」

にっこり微笑むリンシンさん。

「そうですね、私もリンシンさんと一緒は楽しいです」

リンシンさんのご意見に、私も賛同いたしました。

確かに部屋は狭いですけど、この三人の共同生活なら楽しいのではないでしょうか。

「バテアさん、どうでしょうか？　お金をお支払いくださると言っておられますし、リンシンさんがこの都市に滞在なさっている間だけでも、お泊めしてあげては？」

「まぁ……さわこがそう言うのなら……ホントしょうがないわねぇ」

バテアさんは苦い顔をしつつ、でも少し嬉しそうにリンシンさんの申し出を了承してくださいました。

こうして、バテアさん、リンシンさん、私の三人での生活がしばらく続くことが決定したのです。

「よかったですね、リンシンさん」

「……うん、ありがとさわこ……ありがとバテア」

私とリンシンさんは、思わず手を取り合って喜び合ってしまいました。

そんな私達をバテアさんも笑顔で見つめてくれています。

ちなみに……その後。

「……バテア、いくら払えばいい？」

「あ～……とりあえずしばらくはいらないわ。そのうち考えておくから」

「……ん、わかった」

そんな会話を交わしていたリンシンさんとバテアさん。

……バテアさんは今後も、リンシンさんからその話が出る度に、同じ返答をしてはぐらかしてしまうような気がしています。

バテアさんって、行くあてのない初対面の私をすんなり受け入れてくださった、とってもお人好しで、とってもお優しい方ですから。

◇◇◇

翌早朝、リンシンさんは愛用の大きな棍棒を手に早速狩りに行かれました。

「……任せて、いっぱい狩ってくる……」

私は握り飯弁当をお渡ししてお見送りしました。

ちなみに、バテアさんはまだ眠っているみたいです。

私は『居酒屋さわこさん』の厨房に移動し、魔法袋の中の在庫を確認していきました。

先日、私の世界で仕入れてきたばかりですので、まだ在庫はあります。

……とはいえ、かなり消費されているのは間違いありません。

実質一日しか営業していないのに、すでに仕入れの三分の一近くがなくなっていました。

「……う～ん……これはまた仕入れに行かないといけないかな……」

魔法袋があれば食材が傷むこともないので、一度にたくさん購入することは可能です。しかし一日の営業で仕入れの三分の一がなくなったわけですから、単純計算で三日に一回は仕入れに向かわねばなりません。

ですが、世界を転移する魔法となると、かなりの魔力を消費するため、週に一回が限度です。

それにバテアさんも二週に一度は魔法雑貨店の仕入れで魔法を使用なさいますので、私が元の世界へ行けるのは二週間に一回。これが今のところ上限です。

次回の仕入の際には仕入れる量をもっと多くするとして、さしあたってそれまでの間をどう乗り切るか……

「……この世界の野菜にも興味があるし……。バテアさんにお願いして、一度こっちの世界の市場《いちば》か商店街に連れて行ってもらうのがよいかもしれませんね」

私は小さく頷きました。

これにはもう一つの理由があります。

それはお金です。

昨日はこの世界での営業でお金を稼ぐことができました。

ですが当然のことながら、すべてこちらの世界のお金であり、私の世界では使用できません。今はまだ、お店を売却した資金が残っていますが……そう遠くないうちに枯渇してしまうのは目に見えています。

なので、せめて青果物やお肉などはこちらの世界で仕入れるようにして、私の世界のお金を節約しないと、と思っているわけです。

とはいえ、日本酒だけはあちらの世界で買わなくてはなりませんし……

「……なんとかして、私の世界でお金を稼ぐ方法も考えないと」

私はもう一度小さく呟きました。

◇◇◇

起きてきたバテアさんと一緒に朝食を取りながら、私はそうしたことを相談してみました。

バテアさんは、豆腐のお味噌汁を飲みながら、首を捻っています。

「……そうねぇ、とりあえずこっちの世界の市場を覗いてみるのはいいと思うわ。ただ、さわこの世界でお金を稼ぐ方法となるとねぇ……ちょっとすぐには思いつかないわね」

私に向かって申し訳なさそうにするバテアさん。

「いえ、お気になさらないでください。私の世界のことですし、私がなんとかいたしませんと……」

そう返答いたしましたが……う〜ん、ホントにどういたしましょう。

豆腐のお味噌汁を飲みながら、私もうんうんと唸ってしまいます。

とにかく、まずはこちらの世界の市場を覗くことから始めるしかなさそうですね。

朝食を終えた私達は、バテアさんの案内で早速市場へと向かいました。

市場は、街の中心部にありました。

石造りの建物の中に出店が並び、たくさんの人々で賑わっております。

「ここで扱っているのは、野菜が中心ね。個人の青物屋《あおものや》が農家から仕入れて売っているお店もあれば、商店街組合と専属契約を結んだ農家の野菜を売っているケースもあるわ。農家が直接持ち込むこともあるけど、そういう品はすぐに青物屋に買い占められて、この場で転売されちゃうのよね。お肉を買うなら、冒険者組合で購入するか、リンシンにがんばってもらうしかないわね」

「へぇ、そうなんですね」

バテアさんの説明を聞きながら、私は頷きます。

向こうの世界では、なじみである善治郎さんのお店で仕入れるか、業務用スーパーで購入するかだったので、市場で仕入れるというのは初体験です。そのため、何もかもが日新しく感じます。


しばし市場の中を見て回るバテアさんと私。

不思議なことに、私の世界の野菜とよく似た野菜が結構並んでいます。

じゃがいもによく似たジャルガイモ。

玉ねぎによく似たタルマネギ。

気のせいでしょうか、名前も似てますね。

とりあえず私は、私の世界の野菜とよく似た野菜を片っ端から購入していきました。

ついでにバテアさんにご協力いただき、市場を回りながらこの世界の一般的な野菜についても教えてもらっています。

ちなみに、この市場内では万引きなどを防止するために、魔法袋の使用が禁止されています。

市場に入る前に魔法袋を所持しているかどうかを魔法でチェックされ、持っていれば封印の魔法がかけられます。

その封印は市場を出ないと解除されないため、購入したら一度外へ出て収納することになるんだそうです。

そのため、市場内で購入した野菜は、バテアさんの魔法で宙に浮かべて運んでもらっています。

同じように魔法で持ち上げている人はたくさん見受けられました。こちらの世界ではこれが普通ですので、目立つこともなく大変便利です。

何種類かの野菜を購入した私達は、市場を出て魔法袋に収納しました。

今日はお試しですので量はそう多くありません。

残念なことに、ここにはお米はありませんでした。

なんでも家畜用のお米は、他に安い餌が出回り始めたこともあって値段が下落し、今は市場では取り扱い不可になっているんだそうです。

まあ、それ以外の品をあれこれ仕入れることができたわけですし、今日のところはそれでよしとしないといけませんね。

◇◇◇

市場での仕入れを終えた私達は、冒険者組合へと向かいました。

お肉を買うためです。リンシンさんが専属契約をしてくださいましたが、御一人に依存するのでは心許ないところがありますので、安定的にお店でお肉を提供するために他の仕入れ先も確保しておかないと、と思った次第です。

初めて見る冒険者組合。

そこは、多くの人々でごった返していました。

たくさんの種族の方々がおられます。

人のお顔なのに耳の長い方もいれば、猫のようなお顔をされた方もいます。

「あぁ、あれは亜人種族っていうの。この世界ではごく普通にいる種族よ……確かさわこの世界では希少だったはずよね」

「希少？　いえ、そもそもいらっしゃらないと思いますが……」

「そう？　気配はあったわよ……かなり少ないけどね」

「そ、そうなんですか？」

バテアさんの説明をお聞きして、私は少し考えこんでしまいました。

……どうなんでしょう、それって雪男とかビッグフット？　そんな類いの生き物のことを言われているのでしょうか？　……う〜ん、こればっかりはなんともわかりません。

バテアさんの言葉に首を捻りながら、私達は冒険者組合の奥へと歩いていきました。

その時でした。

「……あら？」

私は店の一角で紙を持って立っているお子様の姿に気付きました。

なんとなくその姿が気になって、お子様が持っている紙に目を凝らします。

『美味しい米売ります』

そういう意味の文章が書かれているようでした。

紙を手にしているのは女の子です。

ダボダボの作業着で眼鏡をかけ、顔には泥がついています。

その後ろには、その子が運んできたらしい大きな袋が幾つか置かれていました。

見ていると、周囲の冒険者の方々が女の子に近付いていきます。

「お嬢ちゃん、だから言わんこっちゃない。米は米らしく家畜の餌として商店街組合に買い取ってもらえって」

「いくら市場での販売を断られたからって、家畜の餌をここで売ったって買う奴なんかいないって」

そんな言葉をかけられた女の子は、ニヤッと笑みを浮かべました。

「あらあら、お二人ともわかっていませんね」

そう言って、ポケットから袋を二つ取り出す女の子。

「ほら、まずこっちの米を見てごらんなさい。これが家畜の餌として流通している米よ、オーケー？」

女の子が手の上にのせた米を、私も思わず近寄って覗き込みました。

その米には、不純物がいっぱい混じっています。しかも形がバラバラな上、ひどく痩せていました。

確かに……これでは炊いても美味しいわけがありません。

おそらくですが、この世界では稲作技術があまり発達していないのでしょう。

そんなことを思っていると、女の子は反対の袋から中身を取り出しました。

その米は、先程の米とは打って変わって綺麗な色をしています。

不純物も混じっていませんし、何より米粒がよく太っています

見た目だけで言えば、私の世界で流通しているお米と遜色ない感じです。

「ほら、ウチのお姉ちゃんが開発したお米がこれ。どう？　綺麗でしょう？　これならお宅の家

畜でも食べられそうって思わない？　なんなら私達が食べてみようかなとか思わないかしら？　ンー？」

女の子は自信満々な様子でその米を周囲に見せています。

「へぇ、確かに綺麗ではあるな……」

「上等な家畜の餌にはなりそうだが……さすがにこれを食う気にはならんなあ……」

お米を一瞥した皆さんは、そう呟いて立ち去ってしまいました。

「ちょ!?　ストップ！　試しに少しでも買ってってってよ！」

女の子は慌てて皆さんを呼び戻します。ですが……

「あぁ、俺たちは家畜の餌は専門外でな」

「それに最近は安くて栄養価の高い餌が出回ってるし、市場に行ってそっちを買うよ」

そう言いながら、いなくなってしまいました。

女の子は去りゆく人達の背中にしばらく目を向けていたのですが、すぐにお米を袋に戻すと再び紙を手にしました。

「やっぱりだめね……あんな小物じゃ、お姉ちゃんのお米のよさがわからないのよ……ドンマイ、私」

女の子は少し寂しそうな表情を浮かべながらまた紙をかざします。

私はそこで女の子に歩み寄りました。

「あの、すみません」

「ホワット？　私に何か用かしら、お姉さん」

「えぇ、そのお米をもう一度見せてもらえないかと思いまして……」

「……リァリィ!?　ホントに!?」

女の子はびっくりした表情をしながらも、慌ててお米を取り出してくれました。

私はそのお米を数粒手にしました。見た目や手触りは、私の知るお米と遜色ありません。一方、比較材料である家畜用のお米は、やはり痩せすぎていてパサパサしています。

「確かに、こっちが一般に流通しているお米ね」

バテアさんも頷いていますので間違いなさそうです。

「……そうですね……この美味しそうなお米を、試しに炊いてみたいのですけど……」

私が無意識にそう呟くと、女の子が驚いた声を上げました。

「リァリィ!?　お姉さん、お店の人？　ならすぐお店に行こうよ！　そこでぜひ炊いてみてよ！　絶対美味しいからさ！　さぁ、ハリーハリー！」

女の子は大急ぎで荷物を荷車にのせ、私のお尻のあたりをぐいぐい押し始めました。

「なんなのよこの子ったら、急に元気になっちゃって」

その様子にバテアさんも苦笑なさっています。

「この子じゃないわ、私にはエミリアっていうちゃんとした名前があるんだから、オーケー？」

女の子は元気に言いながら、私のお尻のあたりを更にグイグイ押してきます。

しかしあれですね……

このエミリアって女の子の言葉、会話のところどころに英単語が挟み込まれているような気がするのですが……これってバテアさんの言語補正魔法の不具合なのでしょうか……

それとも、エミリアがそう補正されてしまうような話し方をしているのでしょうか……少々判断に困る感じです。

◇◇◇

家に戻る道中、一つ不思議に思ったことをエミリアに聞いてみました。

この世界で、お米は家畜の餌として扱われていたので、当然「炊く」という調理法は存在しなかったはずです。しかし、エミリアは人間がお米を食べることにも、炊くという調理法にもなじみがあるようでした。

「……ああ、それはね、お姉ちゃんの研究でいろいろ試したからよ」

なんでもエミリアは、お姉さんのアミリアさんと二人暮らしなんだそうです。

もともとアミリアさんは王都の有名な学校で植物学の先生をされていました。しかし、もっと研究をしたいとのことで教員の職を辞し、最近この街の近くに引っ越してきてアミリア植物研究所を開設したということです。

そのアミリア植物研究所の商品第一号が、この品種改良したお米「アミリア米」。

「今まで家畜用として扱われていたお米だけど、ちゃんと肥えた土壌で作れば、人間でも美味しく食べられるものになるっていうのがお姉ちゃんの持論なの」

なるほど、そうした過程で、お米の食べ方なども随分試されたのですね。

「イエス！　その研究成果がこのお米ってことなのよ、オーケー？」

エミリアは、まるで自分が開発したかのように嬉しそうに語ってくれました。

きっとお姉さんのことが大好きなのでしょう。

アミリアさんのことをお話している時は、顔が生き生きとしています。

家に戻った私達は、早速アミリア米を『居酒屋さわこさん』の厨房へ持ち込みました。

「じゃ、炊いてみますね」

私はエミリアから提供してもらったお米を洗い、いつものように土鍋で炊き始めました。

水に浸す時間は、バテアさんの魔法で短縮していただいた次第です。

ただ、炊く作業に関しては、炊き上がり具合を確かめながら火加減を調整しないといけませんので、やはり手作業で行うしかありません。

「ホワット!?　な、なんなのよ、それ？　お姉ちゃんはそんな道具使わないわ」

作業をする私の手元を、エミリアが目を丸くしながら見ています。

するると、バテアさんがエミリアに向かって不適な笑みを向けました。

「ふふふ、楽しみにしてなさい。さわこの握り飯は最高に美味しいんだから」

「ホワット⁉　ニギリメシ？　何、なんなのそれ？」

エミリアも、さすがに握り飯はご存じないようですね。


さて、待つことしばし……

アミリア米は、予想通りいい感じにふっくら炊き上がりました。

炊き上がったお米を、私は早速握り飯にします。

お塩を混ぜた冷水に手をつけ、すばやく握っていきました。

握っていても型崩れしません。かといって、硬すぎたり柔らかすぎたりもしません。

でき上がった握り飯を、エミリアとバテアさん、そして私の前に置きました。

「え？　え？　何これ、いい匂い……」

エミリアは目を白黒させながら握り飯を手に取ると、それを一口食べました。

「……エ、エキサイティング……」

エミリアは、そう言ったきり動かなくなってしまいました。

よく見ると、肩が小刻みに震えています。

「……お姉ちゃんが言ってた通りだ……きっとこのお米を上手に調理できる人がいるはずだっ

て……ホントにそんな人がいたなんて……」

エミリアはボロボロと涙をこぼし、再び握り飯を口に運びます。

そんなエミリアを見つめながら、私とバテアさんも握り飯を食べました。

「うん、さわこの調理が上手ってのもあるけど、このお米は美味しいわね」

「そうですね、もちもちしていて、とてもいい感じです」

私が使用しているお米よりも更にもっちり柔らかくて、とても私好みです。

これなら、お店でも十分使えるでしょう。

「ねぇエミリア、このお米、私のお店で使わせてもらってもいいかしら」

「リ、リァリィ!?」

私の言葉を聞いたエミリアは飛び上がりました。

「こ、こんなに美味しく炊いてくれるお店で使ってもらえるなんて、最高にハッピーだけど……」

しかしそこで、エミリアが少し口ごもりました。

「どうしたの、エミリア。何か問題でもあるのかしら?」

「……あの、このアミリア米……リトル高いんだけど、いいのかな?」

この世界でのお米の相場は、家畜の飼料として流通しているものが、私の世界の価値で換算して大体十キロ十円程度なんだそうです。

対してアミリア米は、十キロ五百円ということでした。

「うっわ、高いわねぇ……相場の五十倍じゃない」

バテアさんは目を丸くなさいました。

「で、ですよね……バ、バット……お姉ちゃんの研究施設を維持するには、これくらいで売らないと、その……」

バテアさんの前で、エミリアはしどろもどろになっています。

けれど、そこで私はにっこり笑顔で頷きました。

「あ、はい、それでいいですよ。いつから納品してもらえますか？」

確かにエミリアの提示した金額は、この世界では破格の高さなのかもしれません。

ですが、もし私の世界で同程度の品質のお米を同じ量で購入しようとした場合、最低でもその五倍は支払わないといけないのです。

十分節約になりますし、こちらのお金で購入できるメリットもあります。

「あ、あの……ほ、ホントにいいんですか？　リァリィ？」

「えぇ、もちろん本気ですよ」

驚くエミリアに、私は笑顔でお応えします。

するとエミリアは、歓喜の表情を浮かべながら立ち上がりました。

「す、すぐにお姉ちゃんと相談してきます！　絶対に一時間以内に戻ってきますから！　絶対に心変わりしないでくださぁい！　ブラボォ！」

あっという間に駆け出していったエミリア。

私とバテアさんは、苦笑しながらその後ろ姿を見送りました。

「……さわこ、もう少し値切ってもよかったんじゃないの？」

「でも、この値段でも私的には十分お安いですし……それにエミリアがあんなに喜んでくれていましたし」

にっこり笑う私を見やり、バテアさんは肩を竦めました。

「ホント……さわこってば、お人好しよねぇ」

「えぇ……昔からよく言われます」

私とバテアさんは、顔を見合わせて笑い合いました。

◇◇◇

エミリアは、きっちり一時間でお店に戻ってきました。

「お姉ちゃん！　ハリー！　もっと急いで」

「あ～ん、もう、これ以上無理よぉ、エミリアぁ」

エミリアは荷車にアミリア米を山積みにして運んで来てくれたようです。

よく見ると、その荷車を別の女性が押しています。

……きっとあの方がアミリアさんなのでしょう。

アミリアさんは、ひょろっとなさっているのですが……その……お胸のあたりだけはかなり豊満と申しましょうか、体がひょろっとしていて胸も貧相な私とは比べものにならない感じでございます。

膝まである白衣を着て、大きな丸眼鏡をかけておられます。

その出で立ちは、まさに研究者といった雰囲気です。髪の毛はぼさぼさといいますか、かなり乱雑にくくられていまして、それが腰のあたりまで伸びていました。

アミリアさんはお店の前に到着するなり、膝に両手をあてながらぜぇぜぇと荒い息をついています。

私は店内に戻ると、お水をグラスに入れてお持ちしました。

「さ、少しお休みくださいな」

「あはは、ありがとねぇ……いっつも研究室に籠もってるから、こんなに走ったのって何年ぶりかしらって感じでさぁ」

グラスを受け取ったアミリアさんは、お水を一気に飲み干します。

不意に私の腕を、エミリアが引っ張りました。

「ルック！　さわこ！　お米よ！　アミリア米よ！　とりあえず積めるだけ積んできたわ」

嬉しそうに荷車を指差すエミリア。

ですが、荷車を見たバテアさんが困ったような顔で指摘しました。

「結構持ってきたわねぇ……さわこ、これ全部買い取るの？」

「え？　……あ⁉」

バテアさんの言葉を聞き、「しまった」といった感じのエミリア。

買い取る量を相談する前にエミリアが駆け出してしまったので、どれだけ持ってきてくれるのか少々不安を感じていたのですが……バテアさんが言う通り、私の想定を完全に超えていました。

まだ一回しか試食をしていませんし、しばらくは少しずつ仕入れをさせていただきながら、お料理やお酒との相性を試していかないと……と考えていたのです。

……これは想像ですが……エミリアは、アミリアさんの研究施設の運営が逼迫《ひっぱく》していることを思い、少しでも多くのお米を買い取ってもらいたいと考えていたのかもしれませんね。

私は、エミリアへ視線を向けました。

エミリアは困惑した顔で私を見つめています。

そうですね……

私はエミリアに向かって微笑みました。

「エミリア、全部買い取らせていただきます。すぐに代金をお支払いしますね」

私はそう言って、魔法袋に収納しているお財布を取り出しました。

「リァリィ⁉　ほ、ホントに⁉」

「ちょっとさわこ、本気?」

揃ってびっくりされているエミリアとバテアさん。

「どちらにしても、お米はお店に必要不可欠なんですもの。お店でお客様に食べていただけるように、私ががんばればいいだけのことですから」

「……ったく、ほんとにさわこはお人好しがすぎるんだから……」

私の言葉を聞いたバテアさんは呆れたようにおっしゃいます。

「いい? エミリア。それとそっちのアミリアさん? 二人ともさわこにしっかり感謝するのよ。こんな筋金入りのお人好し、滅多にいるもんじゃないんだからね」

……あれ? これって私、褒められているのでしょうか?

……す、筋金入りのお人好しって……

バテアさんの言葉に私が面食らっていると、アミリアさんがよっこらしょと立ち上がり、歩み寄ってこられました。

「……あのさ、無理なら無理って言ってくれてもいいのよ? 使わないのに買ってもらうんじゃ、わたしも嬉しくないし」

アミリアさん、顔は笑っているのですが……その言葉からはとても真剣なニュアンスが伝わってきます。……きっと、ご自身が精魂込めて作り出したお米だからこそ、並々ならぬこだわりをお持ちなのでしょう。

本当に必要としてくれる人でないと売りたくない……そんな思いがひしひしと感じられます。

私はアミリアさんに、握り飯を差し出しました。

先程試作したものです。

アミリアさんは無言でそれを受け取ると、口に運びました。

まず数口もぐもぐと、そして途中からは一気に残りを食べられました。

この握り飯を食べていただければ、私がどれほどアミリア米を必要としているかはきっとわかってもらえる……私はそう思いました。

握り飯を食べ終えたアミリアさんは、しばし無言のまま私を見ていましたが……

やがて荷車に積んであるアミリア米に手を乗せました。

「さ、全部納品しちゃってよ……あなたに売るわ……。いいえ、ぜひ売らせてください、お願いします」

アミリアさんは深々と頭を下げられました。

私はそんなアミリアさんに対し、「謹《つつし》んで購入させていただきます」と、両手を体の前で重ねてゆっくりと一礼いたしました。

その光景を、エミリアは目に涙を浮かべ嬉しそうに見つめています。

「やれやれ……ほんとさわこってばお人好しなんだから……」

バテアさんはまたそんな風に言いながら、苦笑されていました。

◇◇◇

その夜の営業から、私は早速アミリア米をお客様に提供いたしました。

何度か試作を重ねた結果、軟質のお水を使うと、ほどよい柔らかさに炊き上がることがわかりましたので、早速それを実践しています。

「やっぱこの店のゴハンは美味いわい」

ドルーさんが満面の笑みで山盛りの御飯をかき込んでいらっしゃいます。

ドルーさんは握り飯以来、私の作る御飯の大ファンになってくださっています。

そんなドルーさんの肩を、バテアさんがポンと叩きました。

「ドルー、あんたはさぁ、以前さわこの料理を散々タダ食いしたんだから、もっといっぱい食べて売り上げに貢献しなさいよ。クニャスも街に戻ってきたらしっかり売り上げに貢献させてやるんだから」

バテアさんの言葉に、ドルーさんはタジタジのご様子です。

「わ、わかっておるわい。じゃ、じゃからこうして仲間も呼んでおるではないか」

ドルーさんのテーブルは、お仕事仲間のドワーフさん達でいっぱいです。中にはドルーさんのお弟子さんもいるそうです。

「ふふ、そういう義理堅いとこ……嫌いじゃないわよ」

悪戯っぽくそう言ったバテアさんは、ドルーさんの額にちゅっとキスをして、冗談めかして舌を出されました。

片やドルーさんのお顔は真っ赤です。

「ば、ば、ば、馬鹿者！　嫁入り前の娘が何をする⁉」

「嫁入り前の娘のキッスだからね、お代につけとくわよ」

「な⁉　か、勝手に接吻しておいて、金まで取るのか、おい⁉」

そんなお二人のやりとりに、店内からどっと笑い声が巻き起こりました。

「まぁでも、このゴハンはホントに美味しいよな」

「あぁ、あの家畜の餌がまさかこんなに美味しくなるなんてなぁ」

ドルーさんとバテアさんのやりとりを見ていたお客様達も、そんなことを口にしながら御飯を召し上がっています。

最近では、まず先に御飯とおかずでお腹を満たしてからお酒を呑む、という流れが定着した『居酒屋さわこさん』です。

私はそんな皆さんを見つめながら、次の土鍋の準備を急ぎました。

今日は特に御飯の注文が多いようです。

六杯目　やっぱり最高のおつまみは、焼き鳥ですね

おかげさまで、最近の『居酒屋さわこさん』は連日多くのお客様で賑わっています。きっかけになったのは、リンシンさんが狩ってきてくださったマウントボアのお肉を皆様に振る舞ったあの一件でしょうか。

「こんなに美味いもんをただで振る舞ってもらったんだ。一度くらい店にも顔を出さなきゃな」

そんな感じで来店してくださるお客様がたくさんいらっしゃいました。

その皆様が料理やお酒を気に入って、そのまま常連になってくださった感じです。

リンシンさんは、日中狩りに出かけられています。

血抜きや獲物を冷やすことなどをお教えして以来、リンシンさんが実際にそれをきっちりやってくれるおかげで、獲物のお肉が臭うことはほぼありません。

「……さわこ、すごい……」

リンシンさんも大喜びされているのですが、これは私の知恵というわけではないだけに、少々複雑な気持ちです……先人の知恵に感謝、といったところでしょうか……

一方、バテアさんも、日中は三階にある研究室で魔法薬を精製なさったり、魔法道具を開発されたり、あるいは材料を仕入れにあちこちに行ったりと忙しくされています。


そんな風に多忙なお二人なのに、夜になると必ずお店を手伝ってくださいます。

「さぁ、さわこ、今日もがんばりましょう」

「……私も、がんばる」

着物に着替え、気合いの入った表情でそう言ってくださるバテアさんとリンシンさん。

「はい、がんばってまいりましょう！」

私も笑顔で頷きます。

この三人で毎晩営業をがんばっている『居酒屋さわこさん』でございます。

◇◇◇

営業が軌道に乗り始めるとともに、こちらの生活にもすっかり慣れてきた私です。

最近はお店を閉めた後に、バテアさんとリンシンさんと三人で晩酌をしてから眠るのが日課になっているのですが、翌朝すっきりと目覚めることができています。

バテアさんと二人で晩酌していた頃よりもお酒の量は増えているのですが、以前のように記憶がなくなって……その、なんといいますか……お、起きた時に全裸になっているということはしたない状況は一度も起きておりません。やはり、のんびり楽しく会話をしながらゆっくりお酒を呑んでいるのがいいのかもしれませんね。


目覚めた私は、まずお店の周囲のお掃除をします。

『居酒屋さわこさん』やバテアさんのお店の前だけでなく、左右両隣のお店の周囲まで念入りに掃いていきます。

それが終わると、朝御飯の準備と、夜の仕込みに取りかかります。

メニューによっては調理に時間がかかるものもありますから、今日はどのメニューにしようかと考えながら、朝から作業を進めていくのです。

この頃になると、まずリンシンさんが起きてこられます。

リンシンさんは、『居酒屋さわこさん』付きの冒険者として、毎朝街の周辺の森へ狩りに出かけては、魔獣を狩ってきてくださっています。

とはいえ、毎日狩れるわけでもないため、リンシンさんは少しでも獲物を確保できる確率が上がるようにと、前日に森に罠を仕掛けたりもしているそうです。

その成果を確認するためにも、早朝に必ず一度はお出かけになるのです。

そんなリンシンさんのお出かけに合わせ、私は朝食を準備するようにしています。

「おはようございます、リンシンさん」

今日も御飯が炊き上がったタイミングでリンシンさんが起きてこられました。

今朝の朝食は、炊きたての御飯に卵焼き、豆腐とわかめのお味噌汁です。

リンシンさんには特別に、毎朝焼き魚をお付けしています。

ちなみに今朝は焼き鯖《さば》。

リンシンさんは山育ちだそうで、魚はあまり口にしたことがなかったんだとか……

「……さわこの焼いた魚……すごく美味しい……」

ある時そう言ってくださったものですから、毎朝種類を変えてお出ししている次第です。

私と挨拶を交わしたリンシンさんは、お店のカウンターに座って朝御飯を食べられます。

「……いただきます……」

「はい、召し上がれ」

リンシンさんは私がずっとそうやっていたのを真似て、食事の前に手を合わせて一礼されるようになりました。

そんな礼儀正しいリンシンさんに、私も丁寧に一礼をお返しするようにしています。

私は厨房で調理を行いながら朝食をいただきます。

ただ、この後起きてこられるバテアさんとも一緒にいただきますので、量は少なめにしてあります。

「……今日こそ、大物を獲ってくる……」

「はい、期待してお待ちしています……あ、でも、くれぐれも気をつけてくださいね」

「……うん、わかった……」

リンシンさんはいつもニコニコしながら私とお話してくださいます。

山盛りの御飯を二杯、お味噌汁も二杯、そして焼き魚を一匹。これでリンシンさんの朝御飯は終了です。

「……ごちそう様……」

「お粗末様でした」

いつものように食後の挨拶を終えると、私は握り飯のお弁当をリンシンさんに渡します。

「くれぐれもお気をつけて」

「……ありがとさわこ、行ってくる……」

リンシンさんは、今日も元気に森へ向かっていかれました。

◇◇◇

さて、今日の私は二週間ぶりに私の世界へ行くことになっていました。

「あぁ、そうだったわね。今日はお酒の仕入れだったわね」

リンシンさんが出立してから一時間後に起きてこられたバテアさんと、二度目の朝食を取りながら、私は「はい、よろしくお願いいたします」と頭を下げました。

おかげさまで、毎日繁盛している『居酒屋さわこさん』ですが、そのために日本酒の減りがとても早くなっていました。ですので、今回は思い切って超大量に仕入れてこようと思っております。

「んじゃ、ま、ちゃちゃっと美味しいお酒を仕入れにいきましょうか」

「はい、そうですね」

私とバテアさんはさっそく準備に取りかかりました。

◇◇◇

一時間後……

私とバテアさんは、以前私の店があったビルの前に立っていました。

前回の反省を踏まえ、バテアさんが、廃線のバス停からこのビルの近くに転移ポイントを変更してくださったのです。

バテアさんの今日の格好は、柄物《がらもの》のシャツにデニムのボトム、ローファーのブーツ。

一緒に行動しても目立たないようにという配慮なのですが……スラッとなさっていて、それでいて出るところは出ているバテアさんがこの格好をなさいますと、むしろ逆に目立ってしまっているような気がしないでもありません……

隣に立っている私なんて、可哀想なくらい貧相な感じです……

まぁ、それはむしろありがたいことですけどね……へんに目立つのは苦手ですし……い、いえ、負け惜しみなんかじゃありませんよ？


私とバテアさんは、いつもの業務用スーパーへ向かって歩き始めました。

……しかし、こうしてこちらの世界に来ると、改めてお金のことが心配になってきます。

今の私には、お店を売却した資金がありますので、しばらくはこちらでも仕入れができます。

バテアさんの世界にも、私の世界とよく似たお野菜などがあることがわかりましたので、主な生鮮食品はあちらで購入できるようになりましたし、アミリアさんからお米を直接仕入れられるようになったのはとても大きいです。

……ただ、そうはいっても、こちらの世界にしかないお野菜もありますし、調味料もあちらでは手に入りません。そして何よりお酒です。お酒だけはこちらの世界ですべて仕入れるしかありません……

「……あれ？」

ですが、今のペースで仕入れを続けていますと、遅かれ早かれ私のお金も尽きてしまいます。

「ひょっとして……さわこ？」

『居酒屋さわこさん』の売り上げは当然こちらでは使用できませんし、換金なんて絶対無理でしょう。

「ちょっと、さわこでしょ？　ねぇ？」

やはりこちらである程度安定的に稼ぐ手段を考えないと……と以前から思ってはいるのですが、さっぱりいい方法が思い浮かばないわけでございまして……

「さ　わ　こ　ーーーーーーーー！！！」

「はいぃ⁉」

耳元で大声を上げられて、私は飛び上がって驚いてしまいました。

バテアさん？　……ではありません。バテアさんは声が聞こえてきたのとは反対側に立って、不思議そうにこちらを見ています。

私は慌てて、声のしたほうへ視線を向けました。

「……あれ？　……みはる？」

……はい、よく知っている顔がありました。

彼女は長門《ながと》みはる。私の同級生で、幼なじみです。

「うわぁ、みはる、久しぶりだねぇ。お店の片付け以来かなぁ」

私は満面の笑みを浮かべてみはるに手を振りました。

すると……

『うわぁ、みはる、久しぶりだねぇ。お店の片付け以来かなぁ』じゃないわよ！」

「はい？」

「今の今までどこで何をしてたのよ、あんた！」

「は、はい、あの、えっと……」

「携帯に電話しても出やしないし」

「あ、そっか……あそこは携帯が通じないいんだっけ」

「引っ越し先には別人が住んでるし」

「あ、うん、あれは私もびっくりしたのよぉ」

「今も、いくら呼んでも反応しないし」

「あ、ごめん。ちょっと考え事をしてたから」

みはるは私の両肩をがしっと掴みました。

「……とにかく……こうして無事に生きている姿を確認できて、ホント安心したわ……」

そう言うと、みはるは大きく息を吐き出しました。

「あ、そ、そうだね。ごめんねみはる、連絡がすっかり遅くなっちゃって。あれから私、ホントにいろいろあってね……」

私はしどろもどろになりながら言葉を続けます……ですが、今の私の頭の中は完全にパニック状態です。

いきなり、「今は異世界に住んでて、そこでお店を再開したの」なんて言ったら……みはるのことですから、「あんた、ちょっと病院行くわよ」と、本当に病院に引っ張って行かれかねません。

とりあえず、みはるが安心してくれるような言い訳を考えませんと……でも、こういう時に気の利いた嘘なんて、私につけるわけがなく……あぁ、もう、どう言ったらいいのでしょう……

脂汗を流しながら必死に言い訳を考えているのですが……

そこでふと見ると、みはるは私の隣に立っているバテアさんへ視線を向けていました。

「……で？　おたく、さわこのなんなのさ？　まさかさわこを騙して変な店で働かせてるんじゃないでしょうね？」

と、敵意剥き出しのみはる。

バテアさんも、そんなみはるを睨み返していました。

こちらの世界にやってくる際に、ご自分に言語補正魔法をかけているバテアさんは、私の世界の言葉をはっきりと認識できますし、話すこともできます。

ですので、先程のみはるの言葉の意味もしっかり理解しているはずです。

「そっちこそなんなのよ？　こういう時は、まず自分から名乗るのが筋じゃないのかしら？」

完全に喧嘩腰のバテアさん。

みはるも、そんなバテアさんに今にも噛みつきそうです……

「……ここじゃなんだから、ちょっとそこで話そうよ」

バテアさんから視線を離さないまま、近くの喫茶店を指差しました。

「いいわよ、案内なさい」

バテアさんもみはるから視線を外そうとしません。

私は二人に左右から腕を捕まれ……まるで連行される犯人のように、近くの喫茶店へ連れて行かれました……

◇◇◇

三人で喫茶店に入ってから三十分ほど経過したでしょうか……

私の右側の席で、バテアさんは楽しそうに笑っています。

「そうそう、さわこってば、ほっとくと危なっかしくてねぇ」

正面に座るみはるもとても楽しげです。

「そうなのよぉ。悪い奴にでも騙されて、売り飛ばされたんじゃないかってヒヤヒヤしてたんですよ」

話し始めるとすぐに誤解が解けた二人は、すっかり意気投合してしまいまして、なぜか私の話題で盛り上がっています。

私がお人好しで騙されやすいとか、私がお人好しで危なっかしいとか、私がお人好しで酔うとすぐ脱ぐとか……

なんかもう……恥ずかしすぎる話題が次から次に出てくるもんですから、私は真っ赤になって俯くことしかできません。人のことをお人好し、お人好しって……

そんな私を、バテアさん、でしたっけ？　最初は心配しましたけど、あなたのところにさわこがいるというのなら安心です。お話した感じ、しっかりなさっているようですし」

そう言うと、みはるは深々と頭を下げました。

「さわこのことをよろしくお願いしますね、ちょっと抜けてて天然で、超がつくほどお人好しな上に酒癖が悪いんですけど、誰にでも優しくて、自分のことよりも他人のことを大事にする、今時珍しいいい子なんです」

「ちょ、ちょっとみはる、あなたがそんなことしなくても……」

私は真っ赤になりながら、頭を下げるみはるを制しました。

するとバテアさんはふふふと笑いました。

「えぇ……他の奴ならどうしたかわからないけど……さわこなら喜んで引き受けるわよ。ホント、いい子だし、見てて飽きないというか、一緒にいて退屈しないしね」

バテアさんはそう言って、いつものように私の肩に腕を回しました。

「もう！　二人ともなんなんですか！　私だって立派な大人ですよ！　自分のことは自分で……」

思わず立ち上がって大きな声を出した私の前で、バテアさんとみはるが揃って口元に人差し指を当て、「しー」と言ってきます。

私は慌てて口を押さえましたが、すっかり店内の注目の的になっていました……そりゃそうですよね、いきなり大声を上げて立ち上がったら……

私は真っ赤になりながら席に座り直しました。

……と、とにかく、そんなわけで、みはるにもどうにか安心してもらえた次第でございます……

◇◇◇

「……ところでバテアさん、その腕輪の石、ちょっと見せてもらってもいいですか？」

しばし談笑していると、みはるが突然、バテアさんの腕輪を指差しました。

これ、バテアさんが魔法を使用する際によく光っている魔石です。

「これ？　いいわよ」

バテアさんは軽く返事をして、腕輪をみはるに手渡します。

受け取ったみはるは、腕輪に嵌まった魔石をまじまじと見つめていました。

「……これ、すごいパワーストーンですね……とんでもない力を秘めているのがわかります」

みはるは目を丸くしながら、バテアさんへ視線を向けました。

「あの、この石、どこで手に入ります？　もしよかったら購入先とか教えてくれません？」

「どうもこうも……これはアタシがあちこちから集めてきて、精錬して、アタシの店で売ってる品物なんだけどさぁ……」

バテアさんがそう言うと、みはるは更に目を輝かせました。

「売ってる？　売っていらっしゃるんです？　いくらでですか？　もしよかったら仕入れさせてもらえませんか？」

みはるはそう言いながら身を乗り出しました。

そのあまりの勢いに、さすがのバテアさんも若干引き気味です。

「ちょ、ちょっとさわこ、みはるは急にどうしたの？　魔石を見た途端に人が変わってない？」

「あ……そっか、そうですね。実はみはるって、パワーストーンのお店をやっているんです」

「ぱわーすとーんのお店？　……って、この魔石みたいなのを売ってるってこと？　この世界で？」

バテアさんが腕輪の魔石を指差すと、みはるは大きく頷きます。

「えぇ、そうなんです。ショッピングモールの中でお店をやっているんです。さわこが路頭に迷っていたら、店員として雇ってあげようと思ってたんですけど……それよりも、今はこのパワーストーンです！　こんなに力を秘めたパワーストーンは初めてなんです。是非うちの店でも売らせてください」

「そうは言ってもねぇ……。この世界のお金で支払われても……」

「はい？　この世界のお金……あ、つまり海外ってことですか？　そっか、バテアさんってば、どう見ても外人ですもんね、なら銀行で……」

興奮状態のみはるは、バテアさんと若干かみ合わない感じの会話を続けています。

ですが……その話をお聞きしながら、私はあることを思いつきました。

バテアさんは、私の世界のお金をもらっても困るわけです……バテアさんはこっちで買い物をされませんから。

ですが、私はこの世界のお金を稼ぎたいのです……そしてそのお金で、こっちで買い物をしたいのです。

……なら、私が『居酒屋さわこさん』の売り上げ金でバテアさんのお店の魔石を購入して、それをみはるにこちらの世界のお金で購入してもらえば……

「よくわかんないけど……さわこの言う方法なら、そのバテアさんのマセキっていうパワーストーンを売ってもらえるってこと？」

「まぁ……それならアタシも問題はないわ……でも、みはる、この世界で魔石が売れるの？　この世界には魔ほうごごごごご」

「魔法」と言いかけたバテアさんの口を、私は必死に押さえました。

みはるは普通の人です。バテアさんがここで魔法云々などと言い出したら、せっかく友好的になっていたムードが、「は？　魔法？　この人何変なこと言ってんのよ、病院連れてくわよ」といった具合になってたちまち険悪になりかねません。

私の仕草に少し怪訝そうにしながらも、みはるは自分のスマホを操作して、数枚の画像を私達に見せてくれました。

「私、パワーストーンを加工して販売しているんだけど……」

みはるがそう言って見せてくれた画像には、大きなパワーストーンが嵌め込まれた指輪やネックレスが表示されていました。

そこには、販売価格と思しき数字も表示されていたのですが……

「いち、じゅう、ひゃく、せん、まん、じゅうま……!?」

その桁を確認して、思わず目を丸くしてしまいました。

それを見たみはるは笑みを浮かべています。

「さすがにこの値段で販売するのは、相当なパワーを持ってるパワーストーンを加工したものだけ。だけどさ、バテアさんのそのマセキなら、これくらいの額で販売する価値があるわ」

みはるはそう言って更に高笑いをしています。

バテアさんは私に視線を向けてきました。

「アタシは、さわこがいいのなら別にいいわよ」

「わ、私としましても、とても助かるお話です、ぜひよろしくお願いしたいと思ってます」

私はバテアさんとみはるに交互に頭を下げました。


そんなわけで……

みはるの経営するパワーストーンのお店で、私がバテアさんのお店で購入した魔石を買い取ってもらうという、お金を稼ぐための道筋ができたのでした。

おかげで、こちらの世界の仕入れ資金が枯渇してしまうという事態は避けられそうです。

もっとも、魔石がいきなり飛ぶように売れるとは限りませんし、それぱかりは神様のみぞお知りになるといったところでしょう。

今後は、みはるのお店での売り上げ具合を確認しながらいろいろ検討していかないと……と思っている次第です。

今日は販売できる魔石を持ってきていませんでしたので、みはるには改めてお店に行くと伝えました。

名刺をもらったのですが……このあたりで一番大規模なショッピングモールの中に出店しているみたいですね。

私とバテアさんはみはると笑顔で別れると、前回のように業務用スーパーと善治郎さんのところで大量に品物を仕入れました。

これでしばらくは、在庫のことで悩まなくて済みそうです……

◇◇◇

仕入れを終えてから数日後……

今日は一人でバテアさんの魔法雑貨店の店番をしています。

バテアさんはいつものように別の世界へ薬草と魔石の採取に、リンシンさんは狩りに出かけておられます。

最近、リンシンさんからは兎と鴨に似た魔獣を多く提供していただいております。

これらのお肉はその都度捌いて、魔法袋の中に保存しております。

小動物の場合はお店の厨房で作業できるのでいいのですが、問題はマウントボアのような大物をリンシンさんがお持ち帰りになられた時です。

いわゆる猪サイズの動物ですので、お店の厨房では狭すぎて捌けません。

かといって、この間みたいにお店の外で作業をすると目立ちすぎます。

「少々困っていることがありまして……」

先日バテアさんに相談してみたのですが……

「なら、地下室を使う？」

とのお返事が。

そうしてバテアさんが案内してくださった地下室は、魔法雑貨店のカウンターの奥にある倉庫の階段を降りた先にありました。降りてみてびっくりしたのですが、そこには二十畳ほどはある、少々丸い形の空間が広がっていたのです。

「ここなら、今は使ってないから好きに使っていいわよ」

バテアさんがそう言ってくださいましたので、ご厚意に甘えさせていただくことにしました。

それ以来、この地下室でマウントボアのような大物の解体をしたり、捌いた兎や鴨の肉を熟成させたりしています。

魔法袋があれば、いくら大きな魔獣でも、持ち運びが簡単なので本当に便利です……

◇◇◇

その日、着物に着替えたリンシンさんと一緒に提灯と暖簾を準備していると……

「さわこ！　久しぶり！」

遠くから元気な挨拶とともに、クニャスさんが走ってこられました。

「わぁ、クニャスさん、お久しぶりです！」

豹人族のクニャスさんのお顔を拝見し、私も思わず笑顔になりました。

確か依頼を受け、どこかの街に出かけられていたんですよね。

私は初対面のリンシンさんを紹介しつつ、クニャスさんと両手を握り合って再会の喜びを分かち合いました。

「噂に聞いたけど、お店、なかなか順調みたいじゃん」

「……いえいえ、クニャスさんやドルーさんのおかげですよ」

「いやぁ、前に散々飲み食いさせてもらったからさぁ、これ、その時のお礼ってことで受け取ってよ」

そう言ってクニャスさんは、魔法袋の中から何かを取り出します。

それを見た私は、思わず目を見開いてしまいました。

やや大柄な……鳥のようなその生き物は、全身が白い毛で覆われています。

黄色いくちばしがあります。頭に赤い鶏冠《とさか》もございます。

これって……

私が考えていると、リンシンさんが眉をひそめ、嫌そうに呟きました。

「……クッカドゥウドル……これ、まずい」

「え？　く、くっかどうどる？　この鳥、美味しくないのですか？」

私の言葉に、リンシンさんは大きく頷きました。

クニャスさんも苦笑されています。

「いやぁ……ごめん、もっといい魔獣を仕留めたかったんだけど、生憎こいつしか仕留められなくてさぁ。今度大物を捕まえてくるから、今回はこいつで勘弁してよ。その代わり今日はお金を払ってしっかり飲み食いしていくからさ」

そう言ってくださっているクニャスさんの横で、私はクッカドゥウドルをまじまじと見つめていました。


これ、どう見ても鶏です。


鶏でしたら、いくらでも美味しく料理できるはずですが……なんでリンシンさんは不満そうなのでしょう？　クニャスさんも困った顔をなさっているのでしょう？

「……さわこ、この鳥、ぱさぱさしてるし生臭い、美味しくない……」

「そうよねぇ……卵はともかく、身はちょっと美味しくないのよねぇ」

「知ってて持ってきた？　それ、さわこにひどい！」

「あぁ、違うのよ。ほ、ほら、料理上手のさわこなら、このクッカドゥウドルも美味しく料理できるんじゃないかなぁって思ったり、思わなかったりというかさ、あは、あはは……」

クニャスさんは、怒り顔のリンシンさんにたじたじなご様子です。

お話をお聞きして、想像いたしますに……

パサパサなのは、調理方法の問題でしょうね。

生臭いのは、やっぱり内臓などの処理や血抜きがきちんとできていなかったからではないでしょうか？

「……リンシンさん、つかぬことをお伺いしますが、これの血抜きはされたことはありますか？」

「……！」

リンシンさんは私の言いたいことがわかったのか、目を見開いて首をぶんぶんと左右に振ります。

「……やっぱり！」

「さわこ、これも血抜きで美味しくなる……？」

「……おそらくそのはずです、やってみましょう」

クニャスさんは私達のやり取りをぽかんとした表情で眺めておられます。

とにかく、もしこのクッカドゥウドルが鶏と同等のものとして扱えるなら、仕入れ的な面でとても助かります。

私は早速クッカドゥウドルを捌くべく、店内に戻って包丁を手にしました。

まずはしっかりと血を抜き、よく洗ってから解体していきます。

こうして持ち込まれた動物……あ、こちらの世界では魔獣ですね、それを捌いておりますと、亡き父のジビエ嗜好に付き合わされていたことを感謝せずにはいられません。

その経験がなかったら、マウントボアやこのクッカドゥウドルも、とてもじゃないけれど捌けませんでした。

で、実際に捌いてみますと……やはりクッカドゥウドルは鶏とほぼ同じ体内構造のようでした。

やや大ぶりな鶏といった感じです。

私は、手慣れた感じで包丁を動かしていきました。


クッカドゥウドルは全部で十羽いましたので、ぼんじりや砂肝などの部位も複数手に入りました。

まずは胸肉やもも肉、ささみや皮など、一羽から比較的多めに取れる肉から調理しようと思います。それらの部位を切り分け終えると、他の部位はよく洗ったボールに入れて、ラップで封をした状態で魔法袋の中に仕舞いました。

せっかくの鶏風なお肉ですし、ここは焼き鳥にしようと思います。

まずはタレ作りです。

適当な長さに切り分けた長ねぎを七輪の炭火で焼いていきます。

軽く焦げ目がついたところで、魔石コンロの上に準備した深めの鍋に入れ、火をかけます。

ここに、調味料を加えて味を調えていきます。

タレができ上がるまでに少々時間がかかりますので、その間に焼き鳥を串に刺してしまいましょう。

もも串、胸串、ねぎ間、皮、せっかくですのでぼんじりも準備いたします。

ぼんじりは鶏の尾羽が生えているあたりのお肉なので、一羽から取れる量が少ないんですよね。

私が手際よく串にお肉を刺していく様子を、クニャスさんとリンシンさんは不思議そうな表情で見つめておられました。

「……綺麗にでき上がっていく……やっぱりさわこすごい」

リンシンさんはそう言って感動してくださっています。

「どれ、あたしも手伝うよ、その肉を串に刺すだけでいいんだろ？」

クニャスさんが、そう言って厨房に立ってくださいます。

せっかくですので手をよく洗っていただき、お手伝いをお願いしてみました。

……ですが、クニャスさんはやはり慣れていないため、お肉がぐちゃっと潰れた状態で串に刺さってしまったり、真ん中に刺せなかったりと、少々歪な仕上がりになっていました。

「あは、あはは……け、結構難しいんだな、これって」

結局、クニャスさんは三本分の肉を刺したところで諦めてしまわれました。

一見簡単に見える作業ですが、綺麗に見えるように串に刺す作業は意外と難しいんです。

「いえいえ、とても助かりました。ありがとうございました」

私はクニャスさんにお礼を言うと、串刺し作業を続けていきます。

ちょうど串刺しが終わる頃合いで、タレもいい感じにでき上がりました。

串刺し作業をしながら、鍋底が焦げ付かないよう何度もかき混ぜてあります。

これを一度濾《こ》してから使用するのです。

「さて、焼いていきますね」

準備ができたら、先程長ねぎを焼いた七輪の網の上で串を焼き始めます。

まずは炙る程度に焼きます。

そのあと深鍋の中のタレに浸《つ》けます。

しずくなどが垂れない程度にタレを振り落とし、再度焼いていきます。

あまり返しすぎないのがポイントですね。

ただ、お肉を置く場所は入れ替えながら、満遍なく火を通していきます。

大きめの七輪を使用してはいるのですが、一度に焼けるのは六本が精一杯。

前のお店には、炭火焼き器を厨房内に設置しておりましたので、一度に二十本は焼くことができました。

可能でしたら、この『居酒屋さわこさん』の厨房にもそんなコーナーを作りたいものです。

それもこれも、まずはこの焼き鳥が美味しいかどうかにかかってきます。

額に汗がにじんでいるのがわかります。

私は、時折ハンカチで汗を拭いながら作業を続けました。

「……よし、こんなものですね」

ようやく、最初の六本が焼き上がりました。

もう一度タレに浸けてから、更に軽く焼き上げて完成です。

カウンターへ視線を向けると、クニャスさんとリンシンさんが焼き上がった焼き鳥をじっと見つめています。

どうやら、焼き上がるまでの匂いがたまらなかったようですね。

私はお二人の前で焼き鳥を一本手に取ると、そのお肉を頬張りました。

味見もなしにお出しするわけにはいきませんからね。

するとクニャスさんとリンシンさんは、私が口を開けてお肉を頬張る動作にシンクロするように、二人して同じ動きをされています。

私はそれを見て思わず苦笑してしまいました。

……うん、美味しいです。

味見したもも肉はタレがいい感じに絡まっていて、とても美味しく焼き上がっていました。

私はお肉を二本ずつお皿にのせ、お二人の前に置きました。

「さぁ、お待たせしました。召し上がってみてくださいな」

「ホント待たされたよぉ、あぁ、良い匂い！」

「……い、いただきます！」

クニャスさんは待ちわびたとばかりにすぐに口に入れ、リンシンさんは両手を合わせてから頬張られました。

「……おおおお！！　うん、こりゃ美味い!!　ってか、これ、ホントにあのクッカドゥウドルの肉なの!?」

クニャスさんはそう言いながら目を白黒させております。

「……美味しい……美味しい……」

リンシンさんは頬を押さえながら、本当に美味しそうにお肉を一切れずつ口に運んでいらっしゃいます。

私は、次のお肉を焼き始める前に、お二人にお酒をご用意しました。

タレを使用した味の濃い料理に合うように、甘口のお酒を選んでいます。

「さ、こちらも一緒に召し上がってくださいな」

お二人のグラスにお酒を注いでいく私。

お二人はすぐさまそれを口にし、そしてまた焼き鳥を頬張ります。

「うわ、何これ？　この間のお酒とは全然違うね、すごく甘くて美味しい！」

クニャスさんは驚いた表情のままお酒と焼き鳥を交互に口に運んでいます。

片やリンシンさんは、グラスを両手で抱えたいつもの呑み方です。

「……お肉も美味しい……お酒も美味しい」

お二人とも、見ているこちらまで幸せになれそうな笑みを浮かべておられます。

この勢いだとすぐになくなってしまいそうでしたので、私はまた新しい焼き鳥を焼き始めました。

「何？　この美味しそうな匂いは？　何よ、人がいない間に自分達だけで美味しいもの食べてたっていうの？」

ちょうどその時、バテアさんがお店に駆け込んでこられました。

「お帰りなさいバテアさん。今、バテアさんの焼き鳥をご用意しますから、少しお待ちくださいな」

私の言葉を聞いたバテアさんは、リンシンさんに視線を向けます。

「ちょっとリンシン、あんたお酒ばっか呑んでるじゃないの、一本寄越しなさい」

待ちきれない様子のバテアさんが、リンシンさんのお皿の焼き鳥に手を伸ばしました。

すると珍しく、その腕をリンシンさんが右手でがっしと掴みました。

「……これだけはだめ……私の。バテアでも、あげられない」

「だ、だってあんた、さっきからお酒に夢中じゃないのさ、いいじゃない一本くらい」

「……だめ」

押し問答を始めてしまうお二人。

私は苦笑しつつ、自分用に取り分けておいた一本をバテアさんに差し出しました。

「バテアさん、とりあえず、これを召し上がっていてくださいな。すぐに次を焼きますから」

「さわこ！　さすがね、愛してるわよぉ」

バテアさんは茶目っ気たっぷりに言うと、お皿から焼き鳥を持っていかれます。

「ま!?　何よこの美味しいお肉!?　ちょっとあんた達、こんな美味しいものを私がいないうちに……ちょっとこれは許されないわよ」

バテアさんはそう言うと、クニャスさんとリンシンさんを交互に睨み付けました。

その視線に気付いたリンシンさんとクニャスさんは、ご自分の焼き鳥を慌てて隠しています。

こ、これは早く次の焼き鳥を焼き上げないと、また喧嘩が始まってしまいかねません。

私は、慌てて次の焼き鳥を焼き始めました。

すると……

「わぁ……美味しそうな匂いですねぇ」

いつの間にか、バテアさんの隣に見知らぬ女性が立っていたことに気付きました。

見たところ私と同じ人族の方のようでして、背格好もほぼ変わらないくらいです。

「ねぇ、私にもこれ焼いてくれない？　お金は払うからさ」

「あ、はい……それはいいのですが……」

私が困惑していると、バテアさんがその女性の肩を叩きました。

「あぁ、さわこ、こちらはツカーサ。お隣のお店の若奥さんよ」

「えへへ、ツカーサです。いつもウチの店の前まで掃除してもらってるからさ、そのお礼を言いに来たんだけど……なんかいいタイミングだったみたいね」

ツカーサさんはにっこりと笑みを浮かべています。

「お隣さんなんですね、ご挨拶が遅くなって申し訳ありませんでした。私、さわこと申します。よろしくお願いいたします」

「噂は聞いているわ。こちらこそよろしくね」

挨拶を交わすと、私はツカーサさんの焼き鳥も焼き始めました。

「ん〜、良い匂い！　これ、匂いだけでお客を呼べるよ！　私が保証するわ！」

ツカーサさんは今にも涎を垂らしそうな表情を浮かべています。

そんなツカーサさんの言葉に、バテアさん、リンシンさん、クニャスさんもうんうんと頷かれました。

どうやら、このクッカドゥウドルのおかげで、『居酒屋さわこさん』のメニューに焼き鳥を加えることができそうです。

いよいよ本格的な居酒屋になってきましたね。

七杯目　お酒を呑んで皆仲良し、それでいいじゃありませんか

『居酒屋さわこさん』でクッカドゥウドルの焼き鳥を提供し始めまして数日が経ちました。

パタパタとうちわで炭火を仰ぎまして、ジューっと香ばしく焼き上げていきます。

味はタレと塩胡椒の二種類を用意しています。

こちらの世界では焼き鳥という食べ物が存在していません。

あるとしても、クッカドゥウドルのような鳥系魔獣の足の肉や胸肉を、塊で串に刺して焼いただけのものらしく、例によって血抜き処理が不十分なものですから、臭いが結構きついんだそうです。

ですので、『居酒屋さわこさん』を訪れたお客様は、クッカドゥウドルの焼き鳥を初めて目にされてとても驚かれます。

例えば、最近よく来てくださいます蜘蛛人族のユーキさんの場合……

「ちょ!?　何これ!?　クッカドゥウドルの肉をわざわざ小分けにして串に刺してあるの!?　どうせ

食べてしまえば一緒じゃない……」

ちょっと半信半疑なご様子で焼き鳥を一口頬張るのですが……

「小分けだからさぁ、あんまり食べた気がしないっていうか……」

モグモグモグ……

「もう少し塊を大きくしたほうが……」

モグモグモグ……

「あれ……でも、このタレって結構美味しいかも……」

モグモグモグ……

「……いや、これ、ちょっとどころじゃなくてすごく美味しい！　うん、めっちゃ美味しい！　……って……あ、あれ？　あれれ？」

するとユーキさんは、ご自分のお皿の上を眺めながら困惑の表情を浮かべました。

「あの……どうかなさいました？　ユーキさん」

「さわこさん、おかしいんですよ……焼き鳥が……焼き鳥が全部なくなってるんです！」

ユーキさんは大真面目な表情でそうおっしゃいます。

……えっと、ユーキさん、お話をしながらずっと手を動かして……あっという間に全部ご自分で召し上がっていらっしゃいましたが……

どうやら夢中になって食べてしまい、なくなったことに気付かなかったのでしょうね。

私が口元を押さえて苦笑しておりますと、そんなユーキさんの横にバテアさんが歩み寄りました。

「自分で全部食べといて、なぁに馬鹿なことを言ってんのよ、ユーキってば」

クスクス笑うバテアさん。

「えぇ⁉　ぼ、僕ってば、自分で全部食べちゃってました⁉　うっそ……マジで気がつかなかったですよ……」

本気で信じられないといった様子のユーキさんでしたが……一度咳払いをなさいますと、おもむろに私へと向き直られました。

「……えっと、さわこさん、クッカドゥウドルの焼き鳥のお代わりを……とりあえず三人前お願いしてもいいでしょうか？」

それを聞いて思わず笑ってしまいそうになったのですが、そこはどうにか堪えました。

「はい、喜んで！」

私は大きく頷くと、早速焼き鳥を炭火コンロに並べていきました。

「ありがとうございます、さわこさん。あぁいい匂い……」

嬉しそうな笑みを浮かべながら、焼き鳥が焼ける匂いを嗅いでいるユーキさん。

その様子をご来店くださっていた他のお客様もご覧になられていたようで……

「さわこさん、こっちにもそのクッカドゥウドルの焼き鳥を頼むよ！」

「こっちにも二人前お願い」

「こっちには五人前頼みます」

あちこちから焼き鳥のオーダーが飛び交いました。

「はい、喜んで！　すぐに準備いたしますね」

笑顔でお応えした私は、昼間に仕込みをしておいた焼き鳥の串を炭火コンロの上に並べていきました。

焼き鳥は『居酒屋酒話』でも出していたメニューですが……なんでしょう、まさか、またこうしてこの店で焼き鳥を焼くことができる日がくるなんて夢にも思っていなかったもので、少しうるっときている私でございます。

「『居酒屋さわこさん』ってお店のクッカドゥウドルの焼き鳥、あれすごく美味いぞ」

「へぇ、そりゃ俺も食べてみたいな」

「よし、今夜行ってみるか」

そんな感じでお客様の間で口コミが広まり、注文は日増しに増えております。

と同時に、ご来店くださるお客様の数もどんどん増えている現状でございます。

自分の得意料理がこちらの世界でも受け入れられたことを、私はこの上なく嬉しく思っておりました。

・

……そんなある朝のことです。

私はいつものようにお店の前を掃き掃除しようと、『居酒屋さわこさん』の出入り口から外に出ました。

『居酒屋さわこさん』は、バテアさんの自宅兼魔法雑貨店の店舗になっている巨木の家の一階の奥、以前バテアさんが喫茶店をされていた場所を間借りして営業しています。

一階の奥側が営業スペースのため、ご来店くださるお客様は、表の街道から、バテアさんのお家とお隣のお宅の間にある脇道に入り、入店していただく形になります。

私は毎朝、『居酒屋さわこさん』の出入り口前から脇道に沿って、街道に面した魔法雑貨店の入り口前、そして両隣のお宅の前を掃き掃除しているのですが……

その脇道から街道に出るあたりに、何かが山積みになっていたんです。

「……なんでしょう、あれは……」

私が首を傾げながら近付いてみますと……それは木切れや石、それに残飯などでした。

昨夜、お店の前を掃いた時にはこんなものはございませんでした。

どう見てもゴミの山なのですが……そのせいで『居酒屋さわこさん』へ通じる道が完全に塞がれていたんです。

「う～ん……なんなんでしょうか、これは……」

そのゴミの山の前で、私は腕組みをしながらしばし首を捻っていたのですが……どちらにしても片付けないことにはどうにもなりません。

このままでは、お客様にご来店いただけませんし。

私は一度部屋に戻ると、汚れてもいいシャツとジャージに着替えました。

そして結構な時間をかけて、このゴミの山をどかしたのです。


……翌朝になりました。

「え……またですか……」

そうなんです……昨日撤去したゴミの山が同じ場所にできていたんです。

箒《ほうき》を片手に、掃除をしようとした私は乾いた笑いを浮かべました。

「う～ん……どうしたんでしょうか……ゴミ処理業者さんが廃棄場所と間違えたのでしょうか……」

首を捻りつつ、私は再び着替えをしてゴミの山を撤去しました。


……翌朝になりました。

「……あらあら、またですか」

私の視線の先には、昨日、一昨日と同じようにゴミの山……

ですが……今日の私は、なんとなくそんな気がしていたので、最初から汚れてもよい服装をしておりました。

「さて、では今日もゴミ捨て場まで、このゴミを持っていきましょうか」

私は岩を台車にのせ、木くずは縄で縛り、生ゴミはゴミ袋に詰めました。

所定のゴミ捨て場はバテアさんのお宅から少し離れているのですが、致し方ありません。

「よっこいしょ……と」

台車の上にゴミをのせた私は、ガラガラとそれを押してゴミ捨て場へと向かいました。

と、その時でした。

「ちょっとあんた」

「はい？　私ですか？」

不意に呼び止められて視線を向けますと、そこには小柄な女性が立っていました。

ポンチョのような黒い衣服で体をすっぽり覆い、頭にはツバの長い大きなトンガリ帽子を被っておられます。

その服装からして……魔法使いさんでしょうか。

最近、よく来てくださるお客様の中に、あんな帽子を被った魔法使いさんがいらっしゃいますし、バテアさんもツバの長いトンガリ帽子をお持ちです。

「ちょっとあんた、どういうつもりなのさ？」

その女性は声を荒らげながら、私の元に歩み寄ってきました。

「どう……と、申しますと？」

「そのゴミよ、ゴミ！　なんでそのゴミを普通に片付けてんのよ」

女性はたいそう苛立ったご様子です。

「と、言われましても……ゴミはゴミ捨て場に持っていく決まりですので、そのようにしているだけですけど」

「あー！　もう！　だから、そうじゃなくてぇ！」

私の返答に、女性はいきなり地団駄を踏み始めました。

「だから違うでしょう!?　毎日ゴミを置かれてんのよ？　嫌がらせされてんのよ？　普通、『誰がこんなことを……』とか『本当に許せない……』とか言って怒ったりするんじゃないの？　なのになんであんたはそうやって、ごく普通になんでもないような感じで片付けてんのさ！」

「えーっと……よくわからないのですが……つまりこのゴミはあなたが置かれたのですか？」

「そうよ！　あんたを困らせようとしたのよ！　なのにあんたってば全然困ってないし……」

「あぁ、そうですね……いつもより少しお掃除が大変ではありましたけど、最近お腹周りが気になっていたので、ちょうどいい運動かなと思ったりしていたのですが」

私はそう言うと、思い立ってその女性の手を掴みました。

「あ、ではそうですね……一緒に行きましょうか」

「へ!?　あ、て、てめぇ、あたしを油断させておいて、このまま衛兵に突き出す気だね！　くそ、そうはいかないんだから」

「あ、いえいえそうではありません。教えて差し上げようかと思いまして……」

私は微笑み、その女性を連れて街道を進んでいきました。

ガラガラガラ……

女性の手を取り、台車をもう片方の手で押しながら歩くことしばし……街道の一角で私は立ち止まりました。

「ここです、ここです。ここが、この地区のゴミ捨て場になりますので、次からはこの場所に捨ててくださいね」

私は女性にそう言いつつ、台車の上のゴミをゴミ捨て場に降ろし始めます。

そんな私を見て、女性はぽかんとしていました。

「……あんた……あたしにゴミ捨て場の場所を教えるために連れてきたのかい？」

「えぇ、そうですけど？」

「……あのさ、さっきの話聞いてた？　あたしはあんたに嫌がらせをだな……」

「あぁ、はい。別に気にしていませんよ。時々ありますよね、むしゃくしゃする時って」

「い、いや、だからそうじゃなくて……」

「でも、その腹いせに誰かに悪戯をしてやろう、というのはもうこれっきりになさったほうがよろしいですよ。あまりいい解消法ではないと思いますしね。それに、不法投棄で逮捕されかねませんからね」

「だ、だからだな……あの……」

「あの……なんでしたら、夜に『居酒屋さわこさん』にいらしてくださいな。美味しい料理を食べてお酒を呑めば、気持ちも晴れ晴れとしますから、ね」

「あ……あ、はい……」

「それで、もしよかったら、少しだけこの石を捨てるのを手伝っていただけると助かるのですが」

「あ、う、うん……わかった」

しばらく困惑した表情を浮かべていたその女性は、最後には私と一緒にゴミ捨てを手伝ってくださいました。


程なく、ゴミ捨てが終わりました。

「お手伝いありがとうございます」

タオルで汗を拭って笑みを浮かべると、魔法使いさんは肩で息をしながら、「あ、いや……別に……」と口ごもっています。

「……あ、そうだ、よかったら……」

私は腰につけている魔法袋の中から握り飯弁当を取り出しました。

昨夜、お店の残りで作っておいたものです。

「よかったら一緒に食べませんか？　そこにベンチもありますので」

「え……い、いや……あたしは……」

「いいじゃないですか、手伝ってくださったお礼ですから、さぁさぁ」

「え、あ、ちょっと……」

困惑した様子の魔法使いさんの手を強引に引き、私はベンチに座りました。

そして、握り飯弁当を魔法使いさんに一つ、自分の膝の上に一つ置きました。

「朝からひと仕事しちゃったから、お腹がペコペコなんですよ。では、いただきます」

お弁当に向かって手を合わせ、握り飯を頬張りました。

「うん、美味しくできています……さ、遠慮しないで召し上がってくださいな」

「え、あ……う、うん……」

私に促されて、魔法使いさんも握り飯を口にされます。

「……え……何これ……すごく美味しい」

驚きの表情を浮かべながら、魔法使いさんは握り飯をすごい勢いで食べられまして、あっという間に完食してしまいました。

「あの、もしよかったら私のもいかがですか？」

「え？　い、いいの？」

「はい、一個しかありませんが、これでよかったら」

「うん、食べる！　食べさせて！」

嬉しそうに頷いた魔法使いさん。

私の握り飯を手に取り、それもあっという間に完食してしまいました。

「美味しかった……すごく美味しかった……」

魔法使いさんは、笑顔でそう言われます。

ですが……そこでハッとしたように両手で顔を押さえ、慌てて首を左右に振られたのです。

「あの……どうかなさいましたか？」

「な、なんでもない……き、きょ、今日は帰る……」

魔法使いさんは何やら慌てた様子で立ち上がり、街道の向こうにあっという間に駆けていってしまいました。

◇◇◇

「……と、いうことがございまして」

その夜、『居酒屋さわこさん』で、魔法使いさんのことをバテアさんやお客様達にお話したのですが……

「ちょ!? さ、さわこ、なんでそれ黙ってたのよ！」

バテアさんは私に詰め寄るようにおっしゃいました。

「そうだよ、さわこ……そいつ許せない！」

いつも温厚なリンシンさんまで、すごく怒った表情をなさっています。

「いえ……まあ、むしゃくしゃして適当な場所にゴミを捨てちゃったんだろうなぁくらいにしか思っておりませんでしたので……それにその方も最後にはご理解くださいまして、『もうしないから』とおっしゃってくださいましたし……」

「いや、そうじゃなくて！　そいつを捕まえて、なんでそんなことをしたのかって吐かせなきゃ駄目でしょう！」

「うん、そう思う……」

私の前にバテアさんとリンシンさんの顔が迫ります。

「も、もういいじゃないですか。もうしないって言ってくださったんです。きっと二度となさいませんよ」

お二人の勢いにたじろぎつつ、私はそう申し上げました。

それを聞いたバテアさんとリンシンさんは、大きな溜め息をつかれました。

「……まったく、さわこってば……ホントにお人好しなんだから」

「……でも、それがさわこ」

呆れたように私を見ているお二人。

「……はい、よく言われます」

私はなんだか申し訳ないように思いつつも、苦笑いを浮かべました。

ちなみに翌朝……ゴミは置かれておりませんでした。

◇◇◇

それから数日経ちました……

あの日以来、ゴミは置かれなくなりました。

もっとも、リンシンさんがかなり早くに起きて、森に行かれる前に近隣を警邏《けいら》してくださったり、バテアさんが魔法でトラップを仕掛けてくださったりと、あれこれしていただいたおかげもあるのかもしれません。

さて、今夜も『居酒屋さわこさん』には多くのお客様がご来店くださっています。

「今夜もクッカドゥウドルの焼き鳥が美味しく焼けていますよ」

私は厨房から声を上げました。

「お、待ってました！」

「じゃあ、早速二皿もらおうか」

「こっちには三皿ちょうだい」

店内のあちこちから声が上がります。

「はい、喜んで」

笑顔でお返事しながら、私は焼き上がったばかりの焼き鳥をお皿にのせていきました。

すると、その時でした。

お店の扉が開き、大柄な男性二名が入ってこられました。

「いらっしゃいませ」

私が厨房から声をかけますと、そのお二人は私をじろっと睨んでこられます。

「ここが、『居酒屋さわこさん』とかいう店か？」

「はい、そうですけど……」

私が返事をすると、お二人は更に凄みを利かせて睨み付けてきました。

「ここかぁ、くっそまずい料理を提供してるっていう店は！」

「俺達が天罰を喰らわせてやる！」

いきなり大きな声を上げたかと思うと、近くにあった椅子を持ち上げたのです。

「え、えぇ!?」

突然の出来事に、私はパニックになってしまいました。

しかしすかさずバテアさんが二人に歩み寄ります。

「ちょっとちょっと、何この店に文句つけてんのよ？」

「あぁ!?　なんだ女ぁ！」

「怪我したくなかったら引っ込んでな！　この椅子でぶん殴るぞ！」

「この椅子って、どの椅子のことかしら？」

バテアさんは不敵に笑いつつ、右手の人差し指をくるっと回しました。

「なに？　馬鹿かお前！」

「俺達が持ち上げているこの椅子に……って、あれ？」

二人は自分達の手元を見て目を丸くされています。

持っていたはずの椅子がなくなっていたのです。

……厨房から、私はすべて見ていました。

バテアさんが人差し指をくるっと回されたと同時に、二人が持ち上げていた椅子が一瞬にして消え去り、元あったテーブルのところに出現したのです。

ですが、そのことにまったく気付いていないお二人は、オロオロなさっています。

「あ、あれ？」

「な、なんで？」

自分達の両手を見やり首を捻るお二人。

すっかり拍子抜けしてしまったのか、お店に入ってこられた際の威勢のよさがなくなっています。

私は準備してあった焼き鳥の皿を手にすると、お二人の元に歩み寄りました。

「あの、よかったら食べてみていただけませんか？　『居酒屋さわこさん』の料理が本当にまずいかどうか、これを食べてみてからのご判断でも遅くはないと思うのですが」

「え、あ、あぁ……」

「えっと……」

私の言葉に困惑されていたお二人なのですが、焼き鳥のいい匂いが鼻をくすぐったのでしょう、何度かクンクンとされた後、おもむろに焼き鳥を手に取り、ぱくりと頬張りました。

「う、う、うーまーいー！」

「なんじゃこりゃ！　美味すぎるー！」

今度は料理を褒めながら絶叫されるお二人。

「何よ、こいつら、結局叫ぶわけ!?」

耳を押さえつつ、苦笑を浮かべるバテアさん。

その後ろで、リンシンさんも苦笑いされています。

店の奥に退避していたお客様達も、その光景を見て笑っておられました。

そんな店内の様子を見て、私はほっと一安心しました。

「いかがですか、他にも料理がございますので、よかったら召し上がっていかれませんか？」

「え……あの、いいのか？」

「俺達、この店に迷惑をかけようと……」

お誘いしてみたものの、お二人は困惑なさるばかりです。

「もういいんだよ。食べさせてもらおうじゃない」

お二人の後方から、そんな女性の声が聞こえてきました。

見れば、そこに立っていたのは、あの魔法使いさんではないですか。

「さわこ、あの魔法使い、知り合いなの？」

「あ、はい。えっと、先日お話した、ゴミ捨てを手伝ってくださった……」

私の言葉を聞いたバテアさんが、いきなりその魔法使いさんに向かって駆け出しました。

「お前がこのお店に嫌がらせをしてた魔法使いなのねぇ！」

すごい勢いで詰め寄るバテアさん。

しかし魔法使いさんはおもむろに帽子を脱ぐと、深々と頭を下げられました。

「本当に申し訳なかった」

突然、謝罪の言葉を口になさる魔法使いさん。

「……え？」

予想外の反応に、バテアさんも一気に気勢を削がれてしまった感じです。

その後方では、棍棒を振り上げて応戦しようとしていたリンシンさんが、そのままの姿で停止されていました。

魔法使いさんは顔を上げます。

「あたしは魔法使いのルジア、そこの暴れようとした二人は、あたしのパーティメンバーでゲラとガラって言うんだ」

「あ、姉《あね》さん……」

「な、なんで……」

二人の大柄な男性はオロオロしながら魔法使いさんを見ています。

「お前達、あいつらから新しい命令を受けてこの店に嫌がらせに来たんだろう？」

「う、うん……契約してるし」

「だから、命令に従ったんだ……」

「それなんだけど、もういいんだ。さっきあいつらとの契約を破棄してきたからさ」

「うぇ!?　で、でも姉《あね》さん……」

「それじゃあ、金が稼げない……」

「いいんだよ……こんなにお人好しで優しい女がやってる店に、嫌がらせを命じるやつらの言うことを聞くなんて、もうこりごりだ。金なら、また仕事を探せばいいだけさ」

そう言うと、魔法使いさんことルジアさんは改めて私に向き直りました。

「さわこ……いろいろ申し訳なかった。わけあって、相手の名前は出せないんだけど、あたし達はとあるやつらと契約して、その命令でこの酒場に嫌がらせをしようとしてたんだ……でも、あんたの優しさに触れてさ……その、あんたに嫌がらせをするのが、なんか嫌になっちまったっていうか……その……」

モジモジしながら、頭を下げるルジアさん。

私はそんなルジアさんに歩み寄り、肩に手を添えました。

「もういいじゃないですか。すべて終わったのでしょう?」

「う、うん……確かにそうなんだけど……」

「なら、いいじゃないですか。さ、みんなで美味しいものを食べて、美味しいお酒を呑んで、嫌なことは全部忘れてしまいましょう。さ、ゲラさんとガラさんもご一緒に」

「え、えぇ!?」

「俺達も、いいの?」

「はい、せっかくご来店くださったんですもの。しっかり美味しいものを食べて、美味しいお酒を呑んでいってくださいな」

私は笑顔でそう言いました。

そんな私を、ルジアさんは苦笑しながら見ています。

「ホントに……あんたは、お人好しだよ……お人好しすぎるよ」

「はい、よく言われます」

私は改めて三人をお店に案内しました。

「まぁ、さわこらしいと言えばさわこらしいけど……それにしても、新しくできた酒場に嫌がらせねぇ……そんなこと命じるのは、上流酒場組合のヤツらしか考えられないわねぇ……」

バテアさんは何かブツブツと呟きながら難しい顔をされています。

私はそんなバテアさんの手を引っ張りました。

「さぁバテアさん、営業再開ですよ」

「……まったく、とんでもない営業妨害されたってのに、その嫌がらせの相手までお客として迎えちゃうなんて……ほんっとにさわこはお人好しなんだから」

バテアさんは呆れながら、その手に一升瓶を抱えました。

「……でも、それがさわこ」

リンシンさんも苦笑いしています。

そんな二人を交互に見つめ、私はにっこり微笑みました。

「えぇ、よく言われます」

この日、『居酒屋さわこさん』はいつも以上に盛り上がりました。

〆　女三人異世界の夜、最高の晩酌です

営業を終えた私、バテアさん、リンシンさんの三人は、いつものように片付けを終えると、お店の二階に移動しました。

「あぁ、今日もよく働いたわぁ」

「……うん、今日もたくさんお客さん、来た」

バテアさんとリンシンさんは、伸びをしながらリビングのテーブルにつかれました。

「バテアさん、リンシンさん、今日もお世話になりました」

私は一階から持って上がってきた料理の皿をテーブルの上に置きました。

大皿の上に、クッカドゥウドルの焼き鳥や、お肉の炒め物などがのっています。

「お店の残り物で申し訳ありませんけど、今夜はこれで晩酌いたしましょう」

「あは、さわこの料理で晩酌って、ホント最高よね」

「……うん、さわこの料理、とっても美味しい」

「そう言ってもらえると、本当に嬉しいです」

私は頭を下げると、お二人の着物を脱がせていきました。

この世界に着物は存在しないため、着付けができるのは私だけです。

なので、バテアさんとリンシンさんが来ている着物は毎日私が着付けしているんです。

実は、そろそろクリーニングに出さないといけないのですが……

「あら、それぐらいアタシに任せなさい」

バテアさんは着物に向かって右手を伸ばされます。

そのまま詠唱されると、私達が来ていた着物が光を放ち始めました。

光が消えると……着物はすっかり綺麗になっていました。

リンシンさんの着物についていた食べ物のシミなども見事に消えています。

あちらの世界に持ち帰ってクリーニングに出さなくてはと思っていたのですが、結構お値段も張りますし、何より時間がかかってしまいます。ですが……バテアさんのおかげで、それが一瞬で終わってしまったのです。

私はそのことに心の底から感動していました。

「本当にありがとうございます、バテアさん。まるで夢のようです」

「これくらい朝飯前だし、そんなに感謝してくれなくてもいいのよ」

バテアさんは、そう言いながら苦笑いされておりました。

その後、一人ひとりお風呂をすませながら、私達は晩酌を始めました。

女三人、料理を肴にしながら楽しくお酒を酌み交わします。

明日のことがありますので、あまり長い時間は楽しんでいられないのですが、限られた時間の中で、私達は笑顔で語り合い、お酒と料理を味わいます。

程なくして……

リンシンさんはお布団に入って寝息を立て始めました。

「リンシンはいっつも最初に寝ちゃうわね」

ベッドに入りながら、バテアさんは笑っています。

「仕方ありませんよ、毎日朝早くから狩りに出てくださるんですもの」

「それを言うなら、さわこも早くから掃除をしているじゃない」

「あれはもう日課といいますか」

「ま、でもさわこもあんまり無理しすぎないでね、来週にはみはるの店に行くんだし」

「そうですね、その時はまたよろしくお願いします」

そんな言葉を交わしながら、私とバテアさんも横になりました。

ダブルベッドですので、私達が一緒に寝てもずいぶん余裕があります。

バテアさんが右手の人差し指を一振りすると、テーブルの上の魔法灯の灯りが消え、部屋はすぐに真っ暗になりました。

いきなり始まった異世界生活でしたけれど、みなさんのおかげで私は毎日本当に楽しく過ごせております。

「……うん、明日もがんばろう……って、もう今日でしたね」

自分に突っ込みを入れながら、私は目を閉じたのでした。

つい先日、職場を定年退職した斉《さい》木《き》拓《たく》未《み》。彼は、ある日なんの前触れもなく異世界に召喚されてしまった。しかも、なぜか若返った状態で。タクミを召喚したのは、カレドサニア王国の王様。国が魔王軍に侵攻されようとしており、その対抗手段として呼んだのだ。ただし、召喚された日本人は彼だけではない。他に三人おり、彼らの異世界での職業は『勇者』『賢者』『聖女』と非常に強力なものだった。これなら魔王軍に勝てると沸く人々は、当然タクミの職業にも期待を寄せる。しかしここでタクミは、本来の職業である『神』を、『神官』と偽ってしまう――

●各定価:本体1200円+税　●Illustration:蓮禾　●ISBN 978-4-434-25164-1

いずれ最強の錬金術師？
SOMEDAY WILL I BE THE GREATEST ALCHEMIST?
1~3
小狐丸
KOGITSUNEMARU
地味～な生産職志望の僕に付与されたのは、
聖剣から空飛ぶ船まで、
何でも造れる最強スキル
錬金術!!
第10回
アルファポリス
ファンタジー小説大賞
読者賞受賞作
アルファポリス人気ランキング
圧倒的
第1位
勇者でもないのに勇者召喚に巻き込まれ、剣と魔法の異世界に転生してきた僕、タクミ。あまりに不憫すぎる……というので、女神様が特別なスキルをくれることになったんだけど、喧嘩したこともない僕が、戦闘系スキルなんて選ぶわけないよね。それで、地味な生産系スキルをお願いしたところ、錬金術という珍しい力を与えられた。まだよくわからないけど、このスキル、すごい可能性を秘めている気がする……!?　最強錬金術師を目指す僕の旅が、いま始まる!
●各定価：本体1200円+税　●Illustration：人米
……僕、のんびり暮らしたいだけなんだけど
1～3巻好評発売中!

待望のコミカライズ!
好評発売中!

孫をかばって死んでしまい、しかもそれが手違いだったと神様から知らされたセイタロウ(73歳)。お詫びに超チート能力を貰って異世界へと転生した彼は、生前の茶園経営の知識を生かし、旅の商人として生きていくことにする—— 人生波乱万丈、でも暇さえあればお茶で一服。『いのちだいじに』を信条に、年の功と超スキルを引っさげたじい様の異世界ゆるり旅がいま始まる。

1~3巻 好評発売中!

●各定価:本体1200円+税
●illustration:NAJI柳田

漫画:彩乃浦助 B6判
定価:本体680円+税

底辺魔法使いの
人生逆転ファンタジー!

最低ランクのアルカナ☆1を授かったことで、冒険者としての夢を絶たれた少年――アストルは、ギルドで居つきの治癒魔法使いとして細々と活動していた。ある日、馴染みの冒険者の魔物討伐に同行したところ、彼が独自に研鑽した魔法技術と柔軟な魔法運用に、熟練冒険者達が驚愕。その力を高く買われ、アストルはパーティメンバーとして迎え入れられたのだった。頼れる仲間を得た稀代の魔法使いが、最低評価を覆す!

◉各定価:本体1200円+税　◉Illustration:M.B

MATERIAL COLLECTOR'S ANOTHER WORLD TRAVELS

素材採取家の異世界旅行記 1~5

木乃子増緒 KINOKO MASUO

異世界にはへんな素材が盛り沢山!

なにこの異世界…楽しすぎっ!

第9回アルファポリスファンタジー小説大賞 大賞 読者賞 W受賞作!

ヘンテコ素材を採取して、目指せ、異世界一周大旅行!

ひょんなことから異世界に転生させられた普通の青年、神城《かみしろ》タケル。前世では何の取り柄もなかった彼に付与されたのは、チートな身体能力・魔力、そして何でも見つけられる「探査《サーチ》」と、何でもわかる「調査《スキャン》」という不思議な力だった。それらの能力を駆使し、ヘンテコなレア素材を次々と採取、優秀な「素材採取家」として身を立てていく彼だったが、地底に潜む古代竜と出逢ったことで、その運命は思わぬ方向へ動き出していく——

1~5巻好評発売中!

◉各定価:本体1200円+税 ◉Illustration:海島千本(1巻~4巻)オンダカツキ(5巻~)

日比野《ひびの》有仁《ありひと》は、ある日の会社帰り、ひょんなことから異世界の森に転移してしまった。エルフのオースト爺に助けられた彼はアリトと名乗り、たくさんのもふもふ魔獣とともに森暮らしを開始する。オースト爺によれば、アリトのように別世界からやってきた者は『落ち人』と呼ばれ、普通とは異なる性質を持っているらしい。『落ち人』の謎を解き明かすべく、アリトはもふもふ魔獣を連れて森の外の世界へ旅立つ!

◉定価:本体1200円+税　◉ISBN:978-4-434-24779-8

◉Illustration:YahaKo

ネットで話題沸騰！
アルファポリスWeb漫画
面白い漫画が毎週読める!!
アルファポリス COMICS
ゲート GATE
自衛隊　彼の地にて、斯く戦えり
原作：柳内たくみ
漫画：竿尾悟
原作：秋川滝美
漫画：しわすだ
居酒屋ぼったくり
原作 蛍石 漫画 彩乃浦助
じい様が行く
An Oldman in Counterworld.
原作 犬社護 漫画 桐沢十三
元構造解析研究者の異世界冒険譚
原作 小狐丸 漫画 ささかまたろう
いずれ最強の錬金術師？
人気連載陣
THE NEW GATE
月が導く異世界道中
最強の職業は勇者でも賢者でもなく鑑定士（仮）らしいですよ？
異世界に飛ばされたおっさんは何処へ行く？
素材採取家の異世界旅行記
転生王子はダラけたい
異世界ゆるり紀行 ～子育てしながら冒険者します～
and more...
原作 椎名ほわほわ
漫画 六堂秀哉
とあるおっさんのVRMMO活動記
原作：金斬児狐
漫画：小早川ハルヨシ
Re:MONSTER リ・モンスター
選りすぐりのWeb漫画が無料で読み放題！
今すぐアクセス！
アルファポリス 漫画
検索
アルファポリスアプリ
スマホでも漫画が読める！
App Store/Google play でダウンロード！

アルファポリスで作家生活!

新機能「投稿インセンティブ」で報酬をゲット!

「投稿インセンティブ」とは、あなたのオリジナル小説・漫画をアルファポリスに投稿して報酬を得られる制度です。
投稿作品の人気度などに応じて得られる「スコア」が一定以上貯まれば、インセンティブ=報酬(各種商品ギフトコードや現金)がゲットできます!

さらに、人気が出ればアルファポリスで出版デビューも!

あなたがエントリーした投稿作品や登録作品の人気が集まれば、出版デビューのチャンスも! 毎月開催されるWebコンテンツ大賞に応募したり、一定ポイントを集めて出版申請したりなど、さまざまな企画を利用して、是非書籍化にチャレンジしてください!

まずはアクセス! アルファポリス 検索

― アルファポリスからデビューした作家たち ―

ファンタジー

柳内たくみ
『ゲート』シリーズ

如月ゆすら
『リセット』シリーズ

恋愛

井上美珠
『君が好きだから』

ホラー・ミステリー

椙本孝思
『THE CHAT』『THE QUIZ』

一般文芸

秋川滝美
『居酒屋ぼったくり』シリーズ

市川拓司
『Separation』
『VOICE』

児童書

川口雅幸
『虹色ほたる』
『からくり夢時計』

ビジネス

大來尚順
『端楽(はたらく)』

鬼ノ城《きのじょう》ミヤ

岡山県出身在住。2016年『Lv2からチートだった元勇者候補のまったり異世界ライフ』（オーバーラップノベルス）で出版デビュー。2017年『フロンティアダイアリー～元貴族の異世界辺境生活日記』（サーガフォレスト）で第5回ネット小説大賞受賞。家族とワンコとアメコミと映画をこよなく愛する。

イラスト：DeeCHA
https://www.pixiv.net/member.php?id=21995968

本書はWebサイト「アルファポリス」（http://www.alphapolis.co.jp/）に投稿されたものを、改稿、加筆のうえ、書籍化したものです。

異世界居酒屋《いせかいいざかや》さわこさん細腕繁盛記《ほそうではんじょうき》

鬼ノ城ミヤ

2018年 10月10日初版発行

編　集－太田鉄平
編集長－塙綾子
発行者－梶本雄介
発行所－株式会社アルファポリス
〒150-6005東京都渋谷区恵比寿4-20-3恵比寿ガーデンプレイスタワー5F
TEL 03-6277-1601（営業）03-6277-1602（編集）
URL http://www.alphapolis.co.jp/
発売元－株式会社星雲社
〒112-0005東京都文京区水道1-3-30
TEL 03-3868-3275
装丁・本文イラスト－DeeCHA
装丁デザイン－AFTERGLOW
印刷－図書印刷株式会社

価格はカバーに表示されてあります。
落丁乱丁の場合はアルファポリスまでご連絡ください。
送料は小社負担でお取り替えします。
©Miya Kinojyo 2018.Printed in Japan
ISBN978-4-434-25204-4 C0093